记得那时年纪小，你爱谈天我爱笑

清子寒 著

当代世界出版社

图书在版编目（CIP）数据

记得那时年纪小，你爱谈天我爱笑/清子寒著．
—北京：当代世界出版社，2015.9
ISBN 978-7-5090-1044-0

Ⅰ.①记… Ⅱ.①清… Ⅲ.①短篇小说—小说集—中国—当代 Ⅳ.① I247.7

中国版本图书馆 CIP 数据核字 (2015) 第 172542 号

书　　名：	记得那时年纪小，你爱谈天我爱笑
出版发行：	当代世界出版社
地　　址：	北京市复兴路 4 号（100860）
网　　址：	http://www.worldpress.com.cn
编务电话：	（010）83908456
发行电话：	（010）83908409
	（010）83908377
	（010）83908455
	（010）83908423（邮购）
	（010）83908410（传真）
经　　销：	全国新华书店
印　　刷：	三河市南阳印刷有限公司
开　　本：	880 毫米 ×1230 毫米　1/32
印　　张：	8
字　　数：	166 千字
版　　次：	2015 年 11 月第 1 版
印　　次：	2015 年 11 月第 1 次印刷
书　　号：	ISBN 978-7-5090-1044-0
定　　价：	32.00 元

如发现印装质量问题，请与承印厂联系调换。
版权所有，翻印必究，未经许可，不得转载！

自序

在我十七八岁时,总以为10年对于我还很漫长。如今回首过往不禁感叹时光如梭。我还没有长大呢,就这么悄无声息地老了。

10年前,当我还是一个高中生时就开始书写故事。只是单纯地想写出好看的故事与大家分享,也没有想到后来能收获这么多喜欢我的粉丝。在得到读者和媒体的肯定后,有一段时间我夜以继日近乎痴狂地坐在电脑前叙述脑海中不停闪现的故事。那些故事像是永远也写不完。我的叙述欲望实在是太强烈,后来的梦想就是当一个小说家。

惭愧的是这10年期间我惜字如金,直到如今才能精选出20个故事与大家分享,这些故事有我10年前写的,同样也有我近期的作品,即便10年前的作品在现在看来稍显稚嫩,我还是愿意将它们拿出来分享,因为它们是成长的经历。没有它们就没有现在的这本书。

我一直记得雪小禅老师曾经说到过我的作品《寻

找桥木》反响极好的原因，正是因为我书写了时光的脆弱与绵软。那个时候，我便意识到自己是一个与时光赛跑的叙述者，我要将时光的每一个细节都精准地捕捉到，传递给那些迷惘又忧伤的少年们。那些并不是消极的情绪，而是我们当时正在经历的青春。

而我的青春，大概就是这本书了。

这是我的第一本书，它概括了我的 10 年。我庆幸它能赶在我 30 岁之前出版。

我是个怀旧的人，那些我写过的青春，写过的爱情，它们将是我这辈子留下来的最有价值的东西。

清子寒

目录

PART ONE
- 边客 ·02
- 行纪 ·12
- 守岛人 ·23
- 烟花落地凉 ·34
- 算不准的爱情 ·45

PART TWO
- 寻找桥木 ·58
- 俄克拉荷马城的冬天 ·74
- 消失的K ·89
- 朵朵的故事 ·102
- 麦芽糖少年 ·119

PART THREE	就算不再相爱了 ·132
	最后的孤单转身 ·135
	人生若只如初见 ·139
	马戏团里的小丑 ·153
	木梳记 ·169

PART FOUR	沿途的远处 ·180
	那个女孩 ·196
	如果眼泪不记得 ·206
	路漫漫 ·219
	匆匆，那少年 ·233

PART ONE

边客

行纪

守岛人

烟花落地凉

算不准的爱情

边客

后来边客才知道在 X 城等一辆 2 路电车需要 3 分钟。而等一个人却需要 3 年。

一

边客喜欢在深夜里一个人穿过 W 城最繁华的古道街,特别是刚刚下过一场雨,因为他觉得那个时候的霓虹灯最艳丽,看它们时就像眼睛里闪烁着泪光。

古道街上除了快速行驶的出租车外,再就是稀少的行人。他边抽烟边想象着与每一个有故事的人擦肩而过。或许他可以在一瞬间爱上一个陌生人，又或许可以与 R 不期而遇。

总之他想不停地行走。

边客花 1 个小时的时间走了 10 站路买来一包薄荷味的 Marlboro（万宝路）香烟。绿色包装，R 喜欢的颜色。然后他坐上末班车打算回到出租屋。

边客在等一个人。他空出身边的位子，他想，如果哪个姑娘愿意坐在他的左边，他就会爱上她，至少会对她产生好感。

3 年来，每次在 2 路电车上，没有一个姑娘愿意挨着边客坐下，哪怕他拥有一张英俊的脸。所以说，这个姑娘并不好等。

后来边客才知道在 X 城等一辆 2 路电车需要 3 分钟。而等一个人却需要 3 年。

二

边客躺在木床上，地板上搁着一个铁盆，雨水穿过天花板砸在盆底，间或发出空灵的声响。边客心里数着，等响到 300 下时，边客就要给 R 打一个电话。

他将房间的电话插上 IC 卡，然后拨出熟记的 11 个数字。依旧是无人接听。但他习惯每天凌晨 3 点拨通 R 的电话。3 年来蓝色显示屏上 IC 卡里的余额持续显示着最初的 100 元，再过 30 天这张 IC 卡就会过期。

早晨7点，木门被敲得"咚咚"直响。边客躺在床上，于是起身，他用白色的床单包裹着身体，不耐烦地打开门。门外是正叉着腰大声斥责边客的房东。她是一个粗暴蛮横的单身老女人。她的10个指甲被涂上殷红色。食指与中指间夹着一根Marlboro香烟。说话时牙齿上黯黑色的垢物仿佛随时会脱落。怎么看都不是很协调。那个清晨整栋楼都能听见她抱怨的声音。

"再缓缓可以吗？过两天我就有钱了。"

"就现在，马上，立刻，不然打包走人。"她像是在撵走一条流浪狗一样。

"给我10分钟的时间。"

边客穿上衣裳，站在镜子前刮好胡须。拎着背包，脖子上挂上相机准备下楼。他已经在这里住了将近3年。靠给杂志社提供一些摄影作品赚取酬劳，勉强可以维持现在的生活。他的房租从来没有这么拖欠过。

曾经房东抱怨过边客的电费总是少得离谱。没有一点空子可以钻。她说："难道你不用电的吗？"

她似乎一点都不顾念旧情——至少边客在这里住了3年。

"你不能走，还有两个月房租没交呢！"老女人大声嚷道，嘴里吐出一团烟雾。

"我将电脑押在你这里，一个月后我会回来，你可以将房间临时租给别人，里面的东西随便用。"边客像是急着要赶去某个地方。匆匆下楼，乘上2路电车，找了个空座坐下，他身旁坐着的姑娘略感不适，但出于礼貌她一直没有起身离开。

边客像是忘记了自己早已失去了左臂。他格子衬衣的左袖空荡荡地贴在身体上。他庆幸当年自己失去的不是一条腿。至少他现在可以随处行走。

三

"你爱过我吗？"

"大声点，什么？"

3年前，边客在尼泊尔嘈杂的街头给R打电话。他捂住自己的左耳，大声地说："你说什么？大声点。"于是接下来听到一阵忙音。

边客不知道R说了些什么，他拿着相机在街上来回走动，汽车声、小商贩的吆喝声，以及香料店劣质音响里传出来的刺耳的歌声，全部纠结在一起，重重地压在他的心头。

第三天，边客抵达X城时，R已经从出租屋搬走了。他的电脑一直处于待机状态。原来R看见了那张相片。边客与一个美丽的姑娘相拥而眠，他们躺在洁白的床单上，看上去很美好。

边客喝完冰箱里所有的啤酒，易拉罐铺满了木质地板，他的脚触碰到其中一罐，它缓缓地滚到墙根，黑暗中那段运动轨迹发出的声音比任何时候都要响亮，清脆。

边客想起半年前R用手指在他的脚心上来回划，她问："边客痒吗？"边客摇摇头自顾自地看着电视。R说，"你一定是一个绝情的人。"

当换作边客在 R 的脚心上来回划时，她笑得花枝招展。边客亦是明白，R 定当是爱自己的。

可是如今边客还没来得及说些什么，R 就毅然离开了他。

2 路电车的终点站。边客朝西边望去，他想象过开满栀子花的公园里会坐着一个神情忧郁的姑娘。这次，他眨眨眼睛，她还在。

R。

边客说："你最绝情了。"然后他冲上前用单只手臂紧紧地抱住她。很紧很紧。他生怕自己一松开手，她就不见了。

R 一直以来都没有换手机号，她不接任何来电，如果 3 年过去，边客仍在等她，她就会回到他身边，就像 IC 卡的保质期一样。里面的余额同样会一分不少地还给他。

在前一个小时边客与房东说话时，他隐约地听到屋子里那台 IC 卡电话响了一声。3 年来仅仅响了一声，边客便知道是谁打来的。

他终于等到了这一天。

四

边客在 23 岁之前，走遍了 W 城的街街巷巷。他喜欢一个人漫无目的地行走，是因为在行走的过程中，他可以回忆很多往事。也期待着一场偶遇。

在边客 24 岁那年，2 路电车上，他遇见了 R。她当时坐在他的左边。在古道街站下车,他们不约而同地朝一栋楼走去,而且是邻居。

"真巧,你也住这里?"边客觉得特别有缘,他之前并没在走道中见到 R。

R 对边客微笑着点点头,他们同时推门而进。当时边客的房间里晾挂着无数张相片。他长久待在暗房中,手里拿着镊子将底片从 D76 显影液里取出来,然后浸泡到定影液里,再将底片放置在相纸上,最后摆在木盒玻璃上用 100 瓦的灯泡烤干。他一直重复着这样的动作。待有好的相片出现时,他便觉得走了一天的路也值得。

R 说:"我可以去你房间看看吗?"

那是他们认识一个星期后,R 经常看见边客站在走道的窗口旁边抽烟。R 在晾衣服时偶尔会跟边客聊上几句。比如"你从哪里来","在做什么工作"。

R 说:"这些重要吗?"她突然严肃起来。边客耸耸肩回到屋子里将灯打开。R 惊讶得张开嘴,她看到了无数张年轻女孩的裸背。是同一个人,但每个角度都是那么的美。

"她是模特儿吗?"

边客顺手将相片收进一个盒子,然后为 R 倒了一杯白开水。从此那些相片再也没有在 R 的面前出现过。

边客与 R 认识一个月后,他们站在走道中接吻,不理会在走道中打扫卫生的房东。自此 R 就住进了边客的房间。房东每次经过边客的房门时嘴里总是嘀咕着什么。她看不惯这种见不得人的勾当。同时,她也算是少了一个房客。

每天夜里 R 将脸紧紧地贴在边客的胸膛上,然后边客用右手轻轻地揉捏 R 的长发。他们可以很长时间保持着这样的姿势，一直到睡着。

五

边客说："我带你去一个地方。"

那是伽师县的东部。边客在 4 年前去过那里，与一个叫青蓝的姑娘。R 紧随边客，他俩坐了两天两夜的火车，中途转了数次小巴。那里有碧蓝的天，还有凉风。他们在途中彼此依偎取暖。

来到一个小镇上，边客像是在寻找什么，似乎它又不存在。然后他指着一个方位告诉 R，就是在那个地方他失去了青蓝。

那一次旅行只是匆匆十来天，R 一路沉默。她像是要告诉边客什么，但一直没有找到合适的机会。

"你每年都会来吗？"R 打破沉静。

"是的，也许在那个特别的日子赶不到，但总会在每年当中来一回。"边客将 R 背上的包取下来，搁在凳子上。

"你们是怎么认识的？"

"大学里，4 年前的那天，我们刚刚毕业，结伴而行，来到这里。"

那天夜里，R 依旧将脸贴在边客的胸膛上。她回忆起 4 年前，她在一家报社做实习记者时，为了最新的报道，一个人带着相机来到伽师县。

地震两个小时后她赶到现场，停留在一片废墟前，她看到一个男子用左臂将预制板死死顶住,他胸膛下躺着一个女孩。那一刻R便爱上了他。

那个场景R用相机拍下来,相片保留至今,一直没有发表。

边客说:"你流眼泪了。"泪水渗透到边客的皮肤上,被风吹得很凉很凉。然后R将边客抱得很紧很紧,一直紧到她使完全身的力气。

六

在绿皮火车上,边客说:"你能原谅我此时在想另一个姑娘吗?"

R没做声,依旧将边客抱得很紧很紧。

回到X城后,R打算换间朝阳的屋子。原来的房间过于阴暗潮湿,每逢梅雨季节边客的肩膀处就会隐隐作痛,那是一种很细腻的疼痛。

R说:"不是因为左臂没了,就不会再痛,你可以在这个时候想起她。"随后她便出了门。

R回来时,从房东那里赎回了边客的笔记本电脑。她知道里面有他珍贵的相片。R在屋子里摆放各种绿色的植物,她来到洗手间,看见三年前她用过的牙刷依旧挂在瓷砖墙上。

"等换了明亮的屋子后,我们再添一张大床,最好把它涂成绿色。"边客伸出右手在R的背后拥抱住她。

镜子里,R慢慢地晃动着身体,边哼着曲子边有节奏地移动着脚步。那曲《野草闲花逢春生》从电脑里传出来,像是出自旧时候的碟片。这首曲子R曾在夜里唱给边客听,她一遍又一遍地唱道:"旧缘该了难了，换满心哀怎受得住，这头猜那边怪……"

那支舞使得他俩跳着跳着就惆怅起来。

R 说："我们去坐 2 路电车吧。"

边客穿上外套与 R 下楼。他俩坐在电车的最后一排，看着来往的行人，R 在想会不会有人像他们一样，这样幸福地在一起。

R 想起那年，边客从废墟里被救出后，她就一直跟着救援队的担架去了医院。他嘴里还不停地叫着："青蓝，青蓝。"

R 就想，如果有那么一个男子如此爱她，此生无憾。于是她一直暗地里跟随边客来到 X 城。开始一场有预谋的爱情。

七

边客打算搬走时，房东坐在椅子上朝手指上涂指甲油。这一次是绿色。她说："你要走了？要不帮我拍张相片吧，留作纪念。看见你房间里有那么多好看的相片。"

边客微笑着拿出相机和支架，对准她按下快门。在边客转身要离去时，房东对边客说："她怎么这么狠心，丢下你 3 年，你还要她干什么？"

她的声音整栋楼都听得见。

那段时间，R 感觉很幸福。她说："我们不搬家算了。"这里全是回忆，她甚至开始觉得房东也并不可恶。她说得很对，她很绝情。

R 觉得自己不配爱边客。

她找了一个离开的借口。这一次，她决定永远地离开他。

她在去往比利时驻华大使馆前为他装上了一个假肢。他握住它时，却是那么的冰凉。等到栀子花盛开时，R 就离开了。2 路电车上边客永远空出左边的位置。随后他搬进了一个朝阳的房间，将墙壁的颜色涂成了绿色，还有那张双人床。

R 离开时，留下一张相片，它被搁置在木桌上。那是边客与青蓝在伽师县的最后一张合影。她说："我知道，那个姑娘无法被取代，你不会再去爱一个人像爱她一样，你在一年里的四个季节中有两个季节都是在思念她，还不包括下雨天，我怎么会不介意呢，你真的就不记得我了？"

2008 年 8 月。边客躺在绿颜色的双人床上哭得像个孩子，他说："R，我怎么可能不记得你，2003 年 2 月 24 日在伽师县你丢下相机，用双手拼命地扒废墟的时候，我便记住了你，一直在心底。"

行纪

引光说,我们相遇便是缘分,如果再一次不期而遇,那一定是缘分未了。

一

引光打算在某一天离开 X 城,去寻找幸福。他认为那里永远是花开的季节,午后可以穿着随意,在小巷间游荡,然后驻足于小杂货铺,买一包香烟,坐在椅子上歇息。

引光从阁楼的木窗里伸出手,感觉到光带来的温度。于是他骑自行车去往郊区的一片白桦林,冬日的阳光影影绰绰地投落在他的后背上。他松开手,张开双臂在白桦林中行驶,无数道光斑在他身上快速闪过,直到静止。他闭上眼睛突然感觉到前所未有的恐惧。

引光将自行车调头,飞快地朝火车站骑去。即便他知道,KOU已经离开很久了。

甚至,引光不知道 KOU 为什么要离开。

引光认识 KOU 的时候,他向她借打火机。KOU 从牛仔裤兜里掏出打火机帮引光点燃烟,他注意到 KOU 的手纤细而苍白。

事实上他们之前在巷口有过两三次碰面,只是找不到一个合适的理由接近彼此。

直到那天相遇,之后一个月后,他们开始约会,经常去白桦林里捉迷藏。引光记得那段时光是无与伦比的美好。

KOU 与引光一样,喜欢带上简单的行李不停地变换地方居住,基本与外界失去联系。他们像是被人们遗忘的背包客。

就在前天 KOU 离开时,引光去火车站为她送行,她突然哭了,她说,我们永远不可能再联系了。感情对于她,是奢望的。

引光只记得她的眼泪在那一瞬间划过苍白的脸,然后头也不回地就走了。他不知道该如何挽留。后来引光只能在 Blog(博客)里看见她的文字。从开始的一段段的句子,到最后寥寥几个字。直到很多天后她彻底地销声匿迹。

PART ONE 行纪 / 13

二

引光找了一份工作。

他将多色的标签贴到纸箱上,在心底计划着离开的日子。第一个月是灰色,当纸箱上的标签换成粉红色时,他便可以离开这个城市。

每一种颜色的标签代表一个月份,粉红色代表6月。

引光对她说,6月就去见她。

他在一家食品公司的仓库上班。这是他的第21个工作。他每天的工作就是往纸箱上贴上月份标签,然后将包装好的食品发往城市的每一个角落。

他对她说,每一个月他都有着不同的心情,就像每一种颜色的标签一般。他不停地往纸箱上贴不同颜色的标签,从白色一直贴到粉红色。

后来他就离开了X城,整整等了6个月。他背上黑色的双肩包徒步走到火车站。手里拿份地图准备去往D城。

那天X城下起暴雨,气温迅速下降。

她发来短信说:"引光你在永安街口等我。"于是在经历漫长的18个小时之后,他抵达了目的地。引光下火车时脱掉外套,穿着蓝色的T恤,脚下踩着一双人字拖鞋行走在有着火辣阳光的D城。

引光记得这是他走过的第101个城市。她是他遇见的第二个女孩,第一个便是KOU。如果引光喜欢一个城市就会在那里找一个短期工作，赚足够的钱再去另一个城市，他喜欢在大大小小的城市间穿梭，用相机或者文字记录生活。

那天夜里，引光站在永安街口一动也不动，生怕动了一丁点，她就找不到他了。

直到3个小时后，他才明白她不会再出现了。对于引光，感情是虚幻的。

那天夜里，引光走到天桥上，他熟记在心底的号码一直拨不通。他反复拨打无数次，直到手机没有电。

引光漫无目的地游荡在街头，他突然驻足在一个书摊前，卖书姑娘面前摆放着一本名为《行纪》的书。乳白色的封面，上面是一朵金黄色的向日葵。

姑娘说："半成新，10元钱一本。"

引光笑了笑说："不用。"便起身准备离开。

姑娘见状又说："5元。"

三

引光在凌晨找到一家小旅馆，洗完澡后，打开电视机，然后迫不及待地将《行纪》翻开，当他第一眼看到它朴素而精致的封面就爱上了它。他总觉得太过于美好的东西不应该属于自己，所以刚才一直在犹豫。姑娘一定以为他是觉得书贵了。

《行纪》里写道："任何地方，只要先前没去过，就会有惊喜。"

引光激动不已,开始安静地阅读《行纪》。他的心久久不能平静,他打算按照书里的路线行走。他突然忘记了那个失约的女孩。

就在引光打算离开 D 城时,突然收到一条短信:"是我。"

引光的大拇指抬在半空间,左右摇摆,最终他回复她:"老地方见。"

永安街上,引光第一次见到与自己在网络上认识两年的女孩。她比视频更清秀美丽。她说:"对不起,昨天有急事耽搁了。"

引光说:"你能陪我一起走过这些地方吗?"他递给她《行纪》。他多半是原谅了她。

她点头,然后说:"我叫戴。"

引光觉得《行纪》有一种魔力吸引自己不断看下去,他喜欢里面描述的一切场景。比如书中写到在会智的某个小旅馆的阳台上有一盆仙人掌就是作者亲手栽植的,为的是心爱的人。作者独自一人在那里住了将近一个月。

戴说:"引光,我关注你两年,你不停地变换地方。我就知道总会有一天我们会在一个城市相遇。"引光微笑,然后打开笔记本电脑,他点开一个收藏的网址。网页无法显示,他反复刷新几次,直到确定那个域名被注销。他试图用关键词从百度搜寻到谷歌,亦是徒劳。他终于明白 KOU 就这样地消失了,人间蒸发。

于是那段日子引光写了许多信给 KOU,希望有一天她能在报亭里遇见?引光知道 KOU 是热爱文字的,她必定会留意到这些关于旅行的书或者杂志。

四

戴想听引光讲述他与 KOU 的故事。她原本就是他们的读者。只是她一直在努力进入引光的生活。在引光失意时，戴曾安慰过他，她甚至想在一夜之间坐火车赶到引光所在的 X 城，但那样会觉得突兀。

戴总是让引光想起 KOU 来。他一直努力让自己投入到书本中去，有些句子会反复看好几遍。

《行纪》第 134 页第二行写道："我们即便重复去一个地方，在不同的时间，也会有惊喜。"

一个小时后，引光说："对不起，戴。我想一个人离开。路途遥远且艰辛。"

这一切显得很突然。

于是引光便朝着南方行走，他按照《行纪》里的路线，坐上去往会智的大巴。他开始看着窗外流眼泪，终于在大巴里的一个角落强忍不住内心悲痛的情绪而失声痛哭，他在翻开《行纪》的第 208 页时，看到一行字。

这行字是关于姜美琪的。她死于 2002 年 3 月 21 日。直到看完后记，引光才确定《行纪》是 KOU 所著。他认得她书写的风格。

那家位于会智南部的小旅馆有 KOU 亲手种下的仙人掌，引光在一天之后来到这里，当他打算入住 302 房间时，老板娘有些犹豫。她边取钥匙边上下打量引光。

老板娘说:"你可以考虑其他房间吗?"引光说:"就要那一间。"

引光上到三楼,推门而进,室内一阵清幽的香气,木窗被一根木棍撑开,阳光洒在洁白的床单上。他径直走向阳台,捧起绿色的仙人掌,书上说在花盆底部有 KOU 留下的痕迹,那个符号只有引光看得懂。KOU 曾对他说过,它代表重逢。KOU 在离开 X 城时,在引光的手心里同样画过这个符号。

引光坐在藤椅上再一次翻开《行纪》,里面有一大段是描写这间屋子的情景,他将书里描写的细节与之一一对照,他甚至察觉到这间房子应该很久没有人居住过,或者说 KOU 将房间重新布置后,就再也没有人动过。但是,一尘不染的房间,就像刚刚有人住过一般。

敲门进来的姑娘为引光送来清茶,正当她准备掩门而去时引光叫住她:"请问这间屋子在我之前有人住过吗?"

姑娘摇头,看出引光的疑惑,然后说:"已经有好长一段时间没有人入住过了。"

五

第二天,引光在小旅馆的楼下看见戴时,她穿着白色的布裙站立在人群中,显得风尘仆仆。她说:"你不能丢下我。"

引光拉着戴的手,走到旅馆前台,向老板娘要了 302 房间的钥匙。然后对戴说:"你先休息一下,我出去走走。"

引光找到昨天为她送清茶的姑娘后，再一次询问302房间的事情。她如实地告诉引光来他们旅馆的客人都不会选择302房间，因为一年前有个叫姜美琪的女子在里面自杀。所以老板娘常年关闭这间屋子，但每天都会派人去打扫。

2002年3月21日早晨。姑娘清楚地记得那个日期。《行纪》里同样描述她死于那个日期。但姑娘说明姜美琪在被人发现自杀后立即被送往县里的医院抢救。

那日后，再也没有人见过姜美琪。

引光回到旅馆，上楼时看见老板娘在柜台前抽烟，眼睛盯着桌子上放置的相片，一个年轻男子，面容俊秀。老板娘见引光回来，递给他一支香烟，她说："你们的眼神很像，还有表情。"然后她笑了，再也没有说什么。

回到房间后，《行纪》被引光一次又一次地翻阅，他像是在寻找什么线索，KOU所描写的X城里并没有提到他们相遇的那个古老的深弄。直到引光仔细看完书里的每一个字时，才注意到《行纪》的出版日期为2001年1月。在写这本书时，KOU并没有遇见引光。

引光陷于沉思中。他想知道在KOU的身上到底发生了什么事。

几天后，在戴的帮助下引光通过网络千方百计地联系到出版社的编辑，他问："如果《行纪》的出版日期没有错的话，为何能预测作者死于未来一年的3月21日？"只有一句话的后记，让引光有些困惑。它像是准确无误地预测到了KOU的死期，除非原本KOU

PART ONE 行纪 / 19

计划在那一天离开。

编辑在电话另一头说,《行纪》只不过是只有一个主角的小说。当初首印 2000 本,销量并不可观。很少有人能注意到这个细节。

即便是"小说"引光也觉得真实。他打算走完《行纪》里写到的所有地方,包括他先前离开的 X 城。他与 KOU 就是在那里遇见的。

六

在入住 302 房间的第七天,引光收到一条短信。

戴说,KOU 并没有死,她最后被抢救过来了。她去县医院了解到当年的情况。引光激动不已,合上《行纪》,泪流满面。

《行纪》里写道:"我在等一个人,直到他出现。"

她在 302 房间一直等他。那个男子,一定是 KOU 所爱的人,要不然她不会如此痴情等待。

戴还说,KOU 自杀未遂后,没有人知道她的行踪。

引光退房后与戴紧接着去往另一个城市。离开会智之前,旅馆老板娘让引光陪她喝酒,他们坐在柜台上,聊起人生,她说:"我每天都会看见无数个年轻人行走在会智的街上,但终究是找不回他。"她的眼神又一次投向桌面上的相框,相片上的年轻男子,一定是她深爱的人。

老板娘说,我的儿子在几年前因一场意外失踪了,失踪那天正值他过生日。

"你们很像。"她最后对引光说道。

在大巴上,引光对戴说:"我与 KOU 的故事仅仅是你所看到的,事实上我对她一无所知。"

KOU 于 2002 年 2 月在 X 城遇见引光时,她以为自己会忘记那个男子。她小心地进入引光的生活,他们一起摄影,一起写字,然后两个人凌晨两点在杂货店里买一瓶白酒暖和身子。

一个月后她说:"引光,伸出你的手来。"

引光伸出左手,KOU 用食指在他的掌心里画上一个圆圈。她说:"我们终究会再次相遇。"引光知道"我们"并不是指他与 KOU。

于是 KOU 在第二天便离开了 X 城。

引光回忆起 KOU,总是觉得她应该经历过一段刻骨铭心的爱情。在走完《行纪》里最后一个地方时,引光在《行纪》的扉页上用圆珠笔画上一个圆圈。它并不是代表重逢,而是结束。

那一年,引光牵着戴的手,准备去往下一个陌生的城市。可是在途中,戴不见了。

七

后来的日子里,引光时常做着同样一个梦,他梦见坐在自行车后座上的 KOU,他们穿梭在白桦林间,那段路很长很长,永远也没有尽头,他不知道骑了多长时间,直到时光静止。他转过身,KOU

便消失了。

引光辞掉第 22 个工作后，他来到 X 城定居。在一个安静的晌午，他在平安弄遇见了戴。她的穿着依旧显得素雅。她说："我不应该进入你的生活，我知道你心底始终放不下一个人。"

引光说："我们相遇便是缘分，如果再一次不期而遇，那一定是缘分未了。"

戴从包里取出一个笔记本对引光说："不久前出版社的编辑给了我一份资料。这些文字原本是《行纪》里的情节。后来因种种原因未录入。"

是 KOU 的字迹，她写道：

"我在 2000 年与一个叫贤的男子居住在 X 城平安弄。我俩近乎相依为命。贤每天清晨外出工作直到夜里 9 点才回到出租屋。

"那个时候我借用邻居的灶台为贤煲汤。于是下楼买调料。回来的路上便看见空中一片火光伴随着滚滚浓烟。阁楼瞬间被化为灰烬。

"贤从此便消失了。那天是 3 月 21 日，他 24 岁的生日。有人说，有个男子被救出后，面部烧伤，问他什么都不记得。"

守岛人

米卡还说:"就那一秒钟,我便爱上了你。"

R补充道:"你可以用一秒钟的时间爱上我,同样可以用一秒钟的时间来忘记我。"

一

夕阳像是搁置在海平面上,海风在肆意咆哮。从海岛的方向摇摇晃晃地驶来一艘民船。

他蹲在甲板上用裹尸布将女人的身体缠好后,小心地运上海岸。

岸上的人们围上来问："这姑娘是你的女朋友吗？"他一言不发地将她推进一个装满冰块的集装箱，然后钻进一辆卡车，迅速朝 X 城的方向驶去。

"很好。"

导演喊"停"时，R 睁开眼睛，眼前一片漆黑，仿佛真的去了另外一个世界。她被几个男人从集装箱里抬出来。然后其中那个瘦高的男人递给她一些钱。

"姑娘，留下你的电话号码吧，下次有机会还找你。"

R 笑了笑，她觉得连一个脸面都没有露出来的角色，可以找任何人来替代。

短短 3 分钟的镜头，R 被女导演 NG 了不下 10 次。当她骑上单车离开时不由自主地朝海岛的方向望去。远方只剩下一片模糊的人影逐渐消失在天际。

R 甚至不明白他们在拍什么电影，她只是在几个镜头中作为女主角的替身，也没有半句台词。但她能感觉到这一定是一个悲伤的爱情故事。

她记得刚刚男主角对她说的那句台词："你怎么舍得离开我们一直守候的岛。"

二

R 回到屋子里，打开电脑。简欢发来信息："你又去海边拾贝壳了？"

R 在想，要是简欢与自己来拍刚才那场戏绝对一次就能成功。她坐在木质地板上，将笔记本电脑搁上双腿，给简欢发去一个调皮的表情。

"你什么时候回来？"

"还有 19 天零 5 个小时。"

离简欢离开也不过十来天。R 开始期待简欢到来的一天。那片海岛，简欢一个人，一直守候着。

"我试过坐一艘船去往海岛，可是他们说最近有台风。"R 说。

简欢的手机电池又用完了，于是从包里再取出一块。赶紧给 R 回短信："你还是待在 X 城吧。海边多少有些危险。"

海岛位于 X 城 200 公里以外的西南方，简欢长时间待在海岛上，住在简陋的屋子里，一部手机，一台收音机，一罐液化气。因为岛上没有通电，他会备用数块手机电池。

那片海岛只是偶尔会吸引来几个爱冒险的热血青年。岛上来游客后，简欢自然觉得亲切，他会拿出熟食热情地招待他们。但大多时间，简欢只是孤独地坐在岩石上，看着碧蓝的天空，听着清脆的浪潮声发呆。同时他会将搁置在岩石上的收音机的音量调得很大很大。

三

R 说："简欢，你喜欢什么颜色？"

简欢说:"只要不是蓝色。"

因为蓝色对于简欢来说是孤独寂寞的。除了蓝色他什么颜色都喜欢。R却又偏偏只喜欢蓝色。

每个月底,简欢都会随同勘察队的船回到X城,顺便带些干粮以及饮用水到岛上,剩下的24个小时他会用来陪R。他们一起逛街,看电影,讲很多很多的话,像所有的情侣一样紧紧地黏在一起。

简欢说:"R,请闭上眼睛。"

R微笑着很乖地就闭上了眼睛。简欢将一个漂亮的贝壳放在R的手心里,每回一次X城,简欢都会带一个不一样的贝壳回来。

R满心欢喜地将贝壳放进包包里,赏给简欢一个难得的吻。他第一次感受到R的嘴唇是那么的温暖与柔软,即便是蜻蜓点水般地落在自己的脸颊上。

还有一个小时简欢就要离开X城去往海岛。R说:"紧紧地抱住我,什么也不想,什么也不说。就这样一直抱住。"

简欢离开前,R送给他一把24孔复音口琴,她说:"偶尔吹吹口琴,就不那么孤独了。"她想象着简欢坐在岩石上迎着风吹口琴的样子,一定会有许多海鸥在他的头顶上盘旋,那样他就不孤独了。

四

2006年5月。R在那时遇见简欢。海岛上来了5个青年,其中R显得很安静,她不像是来探险的,她尾随在其他人身后,双手提起裙摆小心翼翼地行走。

"你去屋子待着吧,我们回来再找你。"一个男子对 R 说道。

R 点点头,手里拿着一个透明玻璃瓶,蹲下身子用木片铲了些泥土。

"你要这些泥土干什么?"简欢好奇地问她。

"看看这里适合种植什么蔬菜。"

"你是学生物的?"

"嗯,看你天天吃萝卜、白菜,怪可怜的。"

简欢有些受宠若惊,从来没有人关心过他在岛上吃什么。

"你在岛上待了多长时间?"

"差不多两年了,每个月可以回去一次,但是遇到台风,就不能回去了,会有专人送米和水到岛上。"

R 说:"晚饭我帮你做吧。"

那天晚上,与 R 一起上岛的青年们在屋子里搭好帐篷并排睡在一起,简欢让出自己的床给 R 睡,他说:"我过去跟你朋友们挤挤。"

第二天早上,简欢带他们去往海岛的南边,穿过大片墨绿葱翠的植物后,临近悬崖边可以攀岩。他嘱咐青年们一定要按照他走的路线返回,因为有些路面即将塌陷。

R 说:"你不一起玩玩吗?"

简欢笑着说:"兴许还有旅客上岛,我好招待。"

当天下午离开时,R 说:"你可以在岛上养几只羊。"

简欢送他们上船,等到船开动时,他才记起来没有留下她的联系方式。在这期间，简欢在给蔬菜松土时，总是会想起 R。

直到 2007 年 3 月的一个清晨，简欢收到一包花生种子，是 R 托上岛的人带来的，她在一张纸条上写道："虽说这里的土壤不适合种花生，但也不是没有可能。我期待它开出黄色的小花朵。"纸条的下方是一串数字。

简欢记住了这个号码，等有好消息，他就会告诉她。

五

简欢用袖子擦擦口琴，小心地张开嘴，《A town where you can see the ocean》，久石让的曲子，从他嘴里穿过琴腔干净利落地吹出来。悠扬，欢快，轻盈在海面之上。

他拨通 R 的电话，吹给她听，一直吹到黄昏。夕阳西下时，岛上来了一个剧组，打算在这里取景。在某个晌午他们陶醉在简欢吹奏的口琴曲里，临时便更改了剧本，穿插进去一个片段，男主角坐在岩石上吹口琴，头顶上盘旋着数只海鸥。

简欢问："你们是在拍关于岛的电影吗？"

"对，片名暂定为《守岛人》。"

剧组大约要断断续续来这里很多次，这一次待的时间要长一点。简欢成为他们的顾问，讲述关于岛上的一切。譬如，夜里动物的叫声就像小孩的哭泣声，台风来时，连门都关不上，等等。但他没有告诉他们自己有多么孤独。

那几天一群人在简欢的屋子前走来走去，岛上从来没有这么热闹过。

"你在干什么？"一个演员走近简欢，看见他正在细致地观察土壤。

"看花生有没有存活，已经失败了好几次。"

"那你为什么还要种它？"

"因为它可以开出一朵朵的小黄花。"

剧组运来了发电设备，可以用剧组的电脑上网，简欢迫不及待地与 R 视频。他说："岛上现在在拍电影，是关于守岛人。"

"那是个悲惨的爱情故事。"

"你怎么知道？"

"女主角最后死了，结局他们最开始就拍完了。"

不知道为什么简欢有些失落，他觉得美好的爱情不应该是分离，而是幸福地在一起。

六

R 说："简欢，再过半年，等我毕业后，就能与你一起守着那片岛。"

一个月后，简欢在电话里激动地说："R，花生种子终于发芽了。"

那时简欢还计划着养一只猫，还有两只小羊。然后种一些岛上从来都没有的植物。R 期待着第二次上岛。但没有想到，上岛的时间比预想的要早得多。

大约是 8 月。一阵台风袭击海岛。24 个小时后，R 从 X 城赶往海边，她穿着雨衣对船上的渔夫说："求求你们载我上岛吧。"

不管 R 如何请求，渔夫依旧忙着收网靠岸。4 个小时内必定还有 12 级强台风。

在台风来临之前简欢就已经有十来天没有联系 R 了，大概是因为他的手机没电了。R 更多的是担心简欢的安全。她在临近黄昏时住进了海边的一个酒店，她想如果一有机会，就可以立刻上岛了。台风到来时，她隔着巨大的落地玻璃直视着远方的海岛。她静静地坐在地板上，心却摇得厉害。海浪此起彼伏，海岛像是被淹没了一般，瞬间消失在 R 的视线里，再也看不见了。R 觉得恐惧，害怕再也见不到简欢，如果再一次见到他，她一定会很用力地抱住他，永远也不愿意松手。

48 小时后，大海平静下来，R 穿上救生衣坐在船头，她看着眼前的岛屿离自己越来越近。

岛上大片的植物被吹倒，远处矗立着一个简陋的房子，屋顶被台风掀翻。

"简欢。"R 推门而入，屋内空无一人，一片狼藉。

R 焦急地四处张望，她大声叫喊简欢的名字，整个海岛空荡荡的。R 在岛上待了整整一天，她寻遍了整个海岛。直到她回 X 城后简欢的父亲对她说："简欢换了工作去 H 城了。"

R 才知道简欢不见了，他离开了海岛。在她临走前简欢的父亲还说："姑娘，你不用找他了。他什么也没留下就走了。"

R坚决地说:"我一定会找到他。"

果然,在一年的时间里,R寻遍了H城,终究没有遇到简欢。有人说简欢拍了一部电影,也许会成为大明星。

之后R去过无数次海岛,那间屋子里现在住着一个大叔,他对R说,你找的那个年轻人不在了。

R才真正地明白,简欢已经消失很久了。

七

2010年,R去过很多国家,却在泰国停留的时间最长。

当R在泰国的街头看见《守岛人》的宣传海报时,眼泪夺眶而出,她认得简欢的背影,他坐在岩石上,吹奏着她送给他的口琴。

电影上映日期是11月1日。R开始觉得简欢也许真的成为了大明星,他被导演发掘后就跟随剧组一起离开了海岛。

凌晨两点,R回到旅馆,她脱下布鞋,赤脚走在地板上,接着点燃一支香烟。她依在窗沿上,始终保持着一个姿势,一直到早晨6点,街上来往的行人逐渐多起来。

简欢曾说过,离开岛后会带她来这里旅游。住廉价的旅馆,吃路边摊,买许多许多她喜欢的布鞋以及挂饰。

她开始不相信爱情。

旅行期间R在泰国的街头遇到了一个中国男子,25岁的米卡。他说:"这些年来我一直不停地行走,终于在异国遇到了生命中的你。"

R露出淡淡的笑容,她穿着白色的碎花布裙,站在米卡的右边。她说:"你要寻找的她并不是我,就像我原本以为我是简欢生命中的那个她一样。"

米卡说:"那好,你能不能陪我看完一场电影再离开?11月1日上映的《守岛人》。"R点点头,距离上映还有7天的时间。

米卡是一个诗人,他说遇见R后就再也作不出诗来,因为他找不出更好的句子来准确无误地描述自己对R的爱。

米卡还说:"就那一秒钟,我便爱上了你。"

R补充道:"你可以用一秒钟的时间爱上我,同样可以用一秒钟的时间来忘记我。"

R总是觉得米卡并不可靠,他的一言一行就像是一首诗,太过于浪漫与缥缈。但是她还是喜欢与他在一起,因为他同她一样在期待《守岛人》的首映,或者他们都是旅途中孤独的旅行者。

"你为什么要看这部电影?"R问正在听音乐的米卡。

"听说特别感人,男女主角共同守着一个孤岛,最后女主角在遭遇台风后永远地离开了男主角。"

八

2010年11月1日。

米卡对R说:"你可以挽着我的胳膊吗?就今天晚上。"

R小心翼翼地将左手穿过米卡的胳膊。

他们朝电影院走去,坐在中间一排。R 有些紧张,她突然害怕看见简欢的面孔,然后愈加地憎恨他。但最终,到影片结束也没有看见简欢的脸。只是在短短 1 分钟画面里他背对着镜头坐在岩石上,吹奏着一小段忧伤的曲子。他头顶的上空盘旋着两只海鸥。

　　R 在电影中仿佛看到的是自己与简欢的故事,包括许多细节,譬如,在种植花生无数次失败后,终于有一天海岛上遍地开满了黄色的小花朵。

　　电影结束时,一片蓝色,一段缓和的口琴。

　　直到银幕上静止时,R 捂住嘴,瞬间眼泪止不住地流,演员表的下方,鸣谢里赫然出现了简欢的名字。她早应该明白简欢的父亲告诉自己的那句话:"他走了,什么也没有留下。"

　　简欢的名字是显示在一个黑色边线的方框里。

　　R 重复着电影里的那句台词:"简欢,你怎么舍得离开我们一直守候的岛。"

烟花落地凉

何生想，只是朴风不知道，两个相爱的人，不管是谁先离开对方，到最后那个活着的人便是一个悲剧。

一

X城的祠堂街在1985年翻建之后，几乎看不见之前颓旧的阁楼。他打算去往西街那间至今保留完好的老屋。每逢梅雨季节，他都会在天黑之前撑着一把黑色的雨伞出现在祠堂街82号。

那个时候，何生站在天井旁等他。

就算是隔着一面墙，何生也能根据某些声响判断出是他到来了。比如他脚上的大头皮鞋趟过湿淋淋的石板路发出来的声音总是清脆得格外好听。他从 16 岁开始就喜欢穿着父亲的大头皮鞋行走在祠堂街上。那样，他才觉得自己是个像父亲一样伟岸的男人。

他小声地说："何生。"

木门被开启的声音像是一段蜿蜒的曲调从高至低逐渐消逝。何生从门缝里探出头望着他微笑。他进入堂屋，打开随身携带的木箱，取出工具。何生用手扯了一下他的衣袖，指着屋顶说："喏，就是那里漏雨。"

他小心翼翼地爬上木梯，用钉子将木板固定，然后添了几个瓦片。何生端上一杯茶，他用嘴稍稍呡了一小口，然后匆忙地收拾好工具，他得在何生的母亲回来之前离开。

屋外下起暴雨，在出门前，何生蹲下身子帮他挽起裤脚。她看见他的脚踩在宽大的皮鞋里，像极了一个小丑，便忍不住笑了。他羞涩地低下头说："何生，我要走了。"何生看了看四周，然后将粉嫩的小嘴唇贴到了他的脸上。

那一刻，他连雨伞都没有拿便冲进了暴雨里，一口气跑回东街，心跳得厉害。

二

祠堂街异常地热闹，总有人从出租屋里搬进搬出，多半是来 X

城打工的外乡人。何生的母亲打算将老屋拆掉,盖一间楼房用来出租,如此一来可以为家里添些钱。

何生对坐在缝纫机前的母亲说:"老屋是祖父留下来的,你不可以卖。"母亲没有做声,她显然不打算遵循祖父的遗嘱将老屋完整地保留下来。她在做出决定的第二个星期就让几个建筑工人将老屋夷为平地。

他们在新建的楼房上修了一个高高的水塔。母亲对何生说,那样,站在上面可以俯视整个祠堂街。

何生没有理会母亲。她跑去找他,然后对他说:"你再也不能来我家修屋顶了。"

何生看见他那天在祠堂街的石板路上奔跑,连脚上的大头皮鞋都跑掉了一只。

那天,1987年8月25日的早晨,当他得知他的父亲被警察活活打死时,他飞奔到派出所,可最终也没能见到父亲最后一面。

后来何生去过他家,那天晌午她看见他穿着麻衣跪在父亲的灵堂前自言自语。

9月的清晨,他便随同母亲离开了东街,去往W城投奔亲戚。临走时他并没有与何生道别。

所有的人都认为他的父亲是个贼,街坊说难怪他家会有钱买名贵的大头皮鞋。他的父亲生前总是穿着得体,像一个有气质的商人。他一直以来都是那么认为,包括现在。

如今他身边没有一个人愿意与他做朋友。

他想，何生也一定会看不起自己。他想尽快从 X 城消失，去一个没有人认识他的地方。

那一别后，何生就再也没有看见他。

直到祠堂街下过 8 场大雪之后。

1995 年，W 城的某条街道旁围满了行人，从人群中钻出一个年轻的男人，他相貌英俊，短头发，单眼皮。一个女人的钱不见了，她躺在马路上哭哭啼啼，不知如何是好。她指了一个大概的方位大声说："那个小偷朝北边逃走了。"

何生与那个小偷在小巷里擦身而过时，她回头在他背后叫了一声："朴风。"他没理会她，继续朝前方跑去。

在巷子的出口警察将他拦住，并让他出示身份证。他从牛仔裤的口袋里掏出一个牛皮钱夹，隔着透明薄膜可以看见身份证上写着：

姓名：马三

出生：1971 年 10 月 21 日

他被带走时对何生说："你认错人了。"

可是，何生记得朴风的样子。只是他比 8 年前消瘦了许多。

三

何生回到屋子，将床单和绣花鞋放到柜子里，每年腊月，她都会去 W 城的小商品市场出售手工制品。几天下来她一直在那个巷口摆摊,她想再一次遇见他。

"何生,你什么时候死回来?"母亲在电话另一头催促何生赶快回家。

在街口供销社,她排了一个小时的长队给母亲打了一个电话后收获的是满满的绝望。她本来是想问问母亲关于朴风的事,话还没说一句就被母亲训了一顿。回到出租屋后她继续坐在椅子上绣枕套。一不小心针尖刺破了手指,她将手指放入嘴里吮吸伤口,忽然眼泪流了出来,她想,他怎么会不记得自己?

他说:"跟你说过多次,我叫马三。"

何生再次见到他时,依旧喊他朴风。他有些不耐烦,将身份证取出来给她看。随后他就将她的摊位给掀翻了。他大声说:"下次不许在这里摆摊。"紧接着来了几个痞子与他一同离开。

身旁卖布料的大婶说:"姑娘,一个月给他们 20 块钱,就不会吃亏了。"

何生点点头,蹲下身子捡起散落在地上的床单。

她不会再留在 W 城了。何生回去后,当她走在祠堂街上就想起曾经穿着大头皮鞋在石板路上奔跑的那个少年,如果当年不是她不小心弄丢了一只叫"花花"的小白猫,她也不会在街角遇见打弹珠的朴风。他说:"我帮你找吧。"最终他们没有找到花花,但朴风将何生带到他姥姥家,那里养了两只黑色的幼猫。他说:"你捉一只回家吧。"

朴风脱下外套将猫包住,在姥姥的眼皮底下偷偷溜走了。他俩一边奔跑一边大声地笑,朴风侧过脸望何生,他从来没有见过这么干净美丽的小姑娘。

那天何生大概是忘记了吃晚饭的时间。等她回到家时,母亲正坐在堂屋的椅子上,气氛变得异常可怕。

母亲说:"你死哪里去了?!"何生将小黑猫藏到身后,朝木楼梯跑去。母亲拿起扫帚追上楼将何生手中的小黑猫夺了过去,然后将它高高地举过头顶,再狠狠地摔在地板上。小黑猫柔软的身体一伸一缩,渐渐变得僵硬,直到它伸直了四条腿。何生用双手捂住嘴,身体不停地颤抖。她跪在地上哭得撕心裂肺,倒不是因为扫帚重重地抽在身上感觉到疼痛。

从此以后何生再也不敢养小动物。只要母亲在家,她就会一直待在自己的房间里,她看着母亲年轻时的相片,听父亲说她在28岁那年开始变得疯癫,后来连父亲都不愿意回这个家。

母亲开始带一个陌生男人回来,他是一个穿着大头皮鞋的男人,气宇非凡。何生放学回家时,有几次在大门口遇见他。他们只是对视一眼,何生便马上移开视线,匆匆回到自己的房间。

四

在东城一家酒店里,他对身旁的兄弟说:"干杯。"他的脑海里便出现了刚才那个女人的脸。

"何生。"他张开嘴尝试着这两个字的发音,如今念起来有些生疏。

半个小时后，警察闯进包间时，这一个有组织的犯罪团伙终于被一网打尽。之后他们被带到派出所分开关押。他被一个男人带进另一间屋子，他记得在8年前见过这个男人，他当时跪在地上请求他叫救护车救救自己的父亲。

他将身份证以及其他证件全部放在桌子上便转身离开。他在完成这次任务之前，不能让任何人知道自己的真实身份，他是一个警察。

当年他离开祠堂街时就立志，将来一定会当上警察。然后他在23岁那年进入派出所见到的第一个上司便是眼前的这个男人——何生的父亲，那个亲手将自己的父亲打死的男人。

男人说："你的父亲该死，他是个贼。他偷走了我的女人。"

回到屋子，朴风拿起父亲年轻时的相片，他想起儿时提着纸灯笼骑在父亲的脖子上看龙灯的情景。他们跟随着人群经过老屋时，木窗里一个穿着艳丽的女人探出头来对着父亲微笑。父亲说："朴风，你跟着龙尾巴走，就可以回家去。"

他坐在床沿上抽烟，一支接一支地抽，在夜里红色的火光忽明忽暗。他从床头的枕头下拿出一把手枪对准自己的太阳穴，食指扣在扳机上，一动不动。

五

他打算去寻找何生。

祠堂街82号。朴风经过楼房时看见何生的母亲痴呆地站在门口，她的嘴唇上涂满了殷红的唇膏。见到朴风后，她一笑，脸上厚厚的粉便开始脱落，那种笑朴风似曾相识。

她说："你回来了，去了那么久。"

何生的母亲将他当做他死去的父亲。她拉着他的手说："我们来跳一支交谊舞吧。"

朴风说："何生呢？"

她不理会他，自顾自地跳着。她张开手臂，独自转着圈，一圈又一圈，前进，后退。眼泪将脸上的粉彻底地冲刷掉。

朴风找遍屋子也没看见何生。他站在门前，看着女人一阵哭一阵笑，看得出来，她年轻时是一个美丽的女人。

"朴风。"何生在背后叫他。

他转过头，看见何生提着一个装满衣服的木桶站在身后。他奔跑过去与她紧紧拥抱。他说："我是朴风，我是朴风。"

何生说："我知道。"

朴风带何生来到家中，屋子里并没有多少灰尘。事实上，每年父亲的忌日，朴风与母亲都会偷偷回来一次，在凌晨为父亲上一炷香说几句话后就立即锁上门匆匆离开。

何生跪在灵堂前说："伯父，请求您原谅我的爸爸。"

她在8年前来到朴风家里看见灵堂中间的黑白相片时，便一眼认出他来，那个穿着大头皮鞋与母亲有着密切关系的中年男人。他之前与父亲在老屋里发生过争执。何生躲在房间里不敢开门。外面时而传来沉闷的声响。那是父亲用拳头重重地砸向母亲的后背发出来的声音。母亲始终没有吭声，任凭父亲对她拳打脚踢。

父亲恶狠狠地说:"你什么不学,偏偏学偷人。"

他将朴风的父亲带到派出所像审问犯人一样对他严刑拷打,直到他躺在地上动弹不得,然后他冷漠地对属下说:"定他一个偷窃罪。"

六

何生说:"你恨我的爸爸吗?"

朴风没做声,将头转向一边继续为父亲上香。她接着问:"你会不会因为这个原因再次离开我?"

何生知道自己再怎么问下去他也不会回答。

待朴风终于开口说话时,她惊讶地张开嘴望着他一张严肃的脸。

他说:"我要翻案,哪怕有损我们两家的名誉。"

他还说:"我有想过一枪将你的爸爸打死,然后再自杀,但心底始终放不下妈妈与你。"

那天夜里,何生倒在朴风的怀里,她用牙齿紧紧地咬住他的嘴唇。他与她躺在小时候睡过的竹床上,他伸出手解开她白色的衬衣。她的皮肤表层沁出细密的汗珠。他将手搁在她的脸上,缓缓移动,直至她的手掌,然后十指紧扣。她将脸贴在他的胸膛上,紧紧地不愿离开半寸。他知道,她是多么的爱他。

她说:"朴风,对不起,我什么也帮不了你。"

1998年朴风将何生的父亲告上法庭,朴风搜集来所有看似有利的证据,但最终也没能定他的罪。有些东西事隔多年,无从考证。

那一年,何生的母亲化好妆后,穿着艳丽的衣裳从楼顶的水塔上跳了下去,手里攥着朴风父亲生前的相片。不管何生如何想掰开母亲的手指,也无济于事。她一定是想让它陪伴自己下葬。

就像何生所担心的那样,朴风始终是离开了她。在朴风看来,所有的爱情都抵不过亲情。

何生开始怀念朴风的一切,怀念他贴近她脸颊时温暖而强烈的鼻息,还有他长满茧的手掌抚过她身体时突兀的疼痛。

仅仅只是怀念。

2000年的深冬,何生来到派出所对父亲说:"您还是自首吧。"那样她就不亏欠朴风了。父亲并没有听何生的话。他显然对自己的女儿没有丝毫的感情。他冷漠地说:"我错在哪里?"

何生说:"您错在不该嫌弃自己的女人是个疯子,并且从此抛弃我俩。"

七

当大雪覆盖X城时,2001年,朴风被安排去另外一个城市完成一项秘密计划。他从此便消失了。他像是注销了自己来到这个世界上留下的一切信息。

何生将屋子出租后,一个人去了南方,有个厂商看中她的刺绣,愿意聘请她为技术顾问。那段时间她时常想起朴风对她说过的最后一句话:"那一天,你能作为证人出庭吗?揭发你的爸爸。"

何生说:"朴风,对不起,我什么也帮不了你。"

最终何生还是没有出庭,即便她憎恨自己的父亲。朴风没能看见她,仿佛看到了绝望。

圣诞节那天,从X城传来父亲的死讯时,何生已经飞去了马来西亚。第二日,她在网上看到有关X城公安局局长被枪杀的新闻。

何生连夜飞往X城。她又从当地报纸上看到关于朴风的新闻,他死于出租屋,黑白图片上,她清楚地看见他偏过头倒在一片血泊中。图片旁还刊登了他原本写在纸条上的遗言。

此时的何生泪流满面。朴风写道:"何生,人生苦短,总得有过刻骨铭心的爱,不在乎多与少、长与短,有过总归是美好的,但亲情却是一辈子的。"

何生想,只是朴风不知道,两个相爱的人,不管是谁先离开对方,到最后那个活着的人便是一个悲剧。从母亲到她亦是如此。

何生想起朴风曾说过:"若是法律不能定你爸爸的罪,我将他枪杀后,就用手枪对准自己的太阳穴扣动扳机。"

何生回到祠堂街82号,她抬头看向高高的水塔,在日出之前爬上塔顶,站在母亲跳下去的位置,清晨的祠堂街开始热闹起来,早餐店里飘过一阵阵白气,自行车碾过石板路,卖小菜的商贩挑着两筐白菜经过,开始吆喝着……

她闭上眼睛,张开双臂,感觉到自己的身体柔软得像一阵风。

算不准的爱情

我以为关老先生只会说好话，说我与杏一定会有段美好的姻缘。临走时他并没有收下我的钱，他有个规矩，就是命不好的不收钱。

一

我开始记忆起那个潮湿又黏稠的季节，大约是6月，拓城下着倾盆大雨。女人的长发紧紧地贴在额头上，像极一块披在玉石上的黑色绸缎。雨水顺着她的脸颊流淌。她紧紧地抱住我的父亲，舍不得放手。

我起床,赤脚穿过没有灯的走道进入堂屋内,双手扶在门沿上朝门外叫喊父亲。他从车里钻出来,丢掉手中的雨伞,箭步走来,一把将我搂在怀里。我感觉到他身体里散发出一种温暖又潮湿的气息。

我继续喊父亲。声音瞬间被暴雨湮没。

这年我11岁,父亲去往北方,至今未归。

5年后女人说她去寻找父亲,便带上家里仅有的500块钱独自乘绿皮火车去往北方。年迈的奶奶坐在大门前的石椅上用城南方言吃力地吐出几个字:"滚,都滚得远远的。"她特别强调那个"都"字,将语气重重地压在上面,这比"滚"字更让人绝望。

奶奶每天都会朝西南方的巷口望去,这一望,便是数十年。直到她的眼睛看不清任何东西后,一听到脚步声,她就会放下手中的活儿,仔细聆听。

她说"正和,正和",我就会牵着她手上的拐杖,引她去她想去的地方。无非是那些可以听见水声的地方。50年前,她坐木船嫁到旧巷,一路上清水为伴。潺潺流水声,平复了她的惶惑和激动。爷爷当年迎娶她的时候,在关水河里撒满红色的花瓣,年轻的小伙子们故意不让木船靠岸,他一急,便跳到河里去将她背到岸上。她记得当时骑在他的肩膀上,双手不知如何安放,来不及多想,只好抱住他的头,她细嫩的手被他的胡茬硌得又痒又麻。她红着脸笑靥如花。

二

在遇见杏之前,我与正一一直跟随奶奶居住在拓城的旧巷,在爬山虎疯狂滋长的季节,鸽子楼的天窗被大片绿色覆盖,正一时常抬头说:"哥,我想躺着看蓝天。"

我会顺着木梯爬下楼找来竹竿朝那些纠缠不清的植物挥去,瓦片间发出窸窸窣窣的声响。直到阳光射在木质地板上,照出满地的纹路与灰尘。

正一躺在草席上,他明亮的双眸映射着淡蓝色的光。我给他摇扇子,哼儿歌,像父亲当年疼爱自己一样去呵护面前小我 8 岁的弟弟。

正一醒来时说:"哥,奶奶叫我明天带她去关水河,可是河里水都没得,还去看么事呢?"在太阳底下,我揉着正一略微泛黄的头发,告诉他牵着奶奶去她想去的地方。

他还说:"哥,我想妈妈了。"

我好长时间没有想起那个女人了。起初她一个月会往家里打一次电话,基本上是告诉我她与父亲在一起过得很好。我会说家里一切安好,无须挂念。然后在挂断电话之前告诉她我想听父亲的声音,她说他不在身边。

后来女人一年也不会朝家里打一次电话。

奶奶说:"不用牵挂,跟死了没什么两样。"她嘴里只会念着一个叫桂的女人。她说只有她才会在自己重病不起时甘愿端茶煎药,从不抱怨。

桂是我的母亲。

关于我母亲的记忆多半是从奶奶口中得知。她是一个温柔贤惠的女人。我总是想象着她的样子，拿起粉笔在墙上画画，那些长长短短的线条会勾勒出一张美丽的面孔。

奶奶说："正和，长大后你要娶一个像你妈那样的女人。"

三

杏就是在我20岁那年出现在旧巷的一个年轻姑娘。她当时站在我家门口说："请问你家里有水吗？"她提起裙摆，指着上面一处污垢，不好意思地等待我的回答。

我让正一从院子里端出一个铜盆，里面盛满井水，杏慢慢蹲下身子，用水将裙子先打湿，然后涂上肥皂，轻轻揉搓。她的侧面正好被一束阳光照亮，一种温暖而窒息的美。

可惜奶奶看不见她的脸，但仅凭声音也能知道她一定是一个温和美好的姑娘。

杏是外地人，来旧巷探亲，她所说的西南街12号，在奶奶那个时代就不存在了。我带她去大致的方位，那里除了两个巨大的石狮子之外什么也没有。

杏手里拿着一个类似字帖的软抄笔记本，里面像是记载着有关旧巷的历史。她要找一个姓关的老人。旧巷数万人，一大半都姓关。打听好久后，也没有确切的消息。

听人说巷尾倒是有一个姓关的老人与她描述的有几分相像。他孤家寡人，几十年来靠卜卦算命维持生活。

我与杏步行一个小时来到巷尾，并没有找到他们所说的算命先生。杏说也许他并不是自己想找的人，关家在清朝末年应当是大户人家。

杏打算在傍晚之前离开，她住在县城的一家旅馆里。她说："正和，去县城的班车最早和最晚各是几点？"

我说："从旧巷到县城的班车早晚各一趟，分别是早上6点和下午6点。"

那天我送杏离开时问她出生年月，是否可以再相见？她只是笑了笑，从脖子上摘下一个生肖玉坠送给我。上面的图案是一条青蛇盘旋在十字架上，看上去有些诡异。

我想如果一个人送给另外一个人信物时，多半是在很长的一段时间内不会再相见了，所以才会留下点什么作为纪念。

可是我坚信，我与杏的故事远未结束。杏一再回头望我，我突然舍不得她离开。

回去时经过巷末我遇见了关老先生，他坐在椅子上正给一个老妇算命，他的言谈举止风趣幽默，俨然一个说书的。奶奶曾说过，有些事是命中注定。相信也好，不相信也罢，总归是个寄托。

关老先生向我招手说："来，来，年轻人。"

我说："算得出姻缘吗？"

他笑了笑，挤出满脸的皱纹。我给他看握在手中的生肖玉坠，并报出自己的生辰八字，他摇摇头，只说出一句话："金克木，还是散了好。"

我以为关老先生只会说好话,说我与杏一定会有段美好的姻缘。临走时他并没有收下我的钱,他有个规矩,就是命不好的不收钱。

四

一个月后,当桂花盛开的时候家门口站着一个女人,她坐在石阶上不敢踏进大门半步。奶奶说:"你走吧,你本就不应该属于我们家。"

女人坚定地摇摇头说:"我要带走正一。"

奶奶吩咐我将大门关上,她不想再听见这个女人的声音。事实上这么多年她并没有去寻找父亲,而是跟了另外一个男人,她在12年前进入关家大门时就挺着凸起的肚子,奶奶很早就知道正一原本就不是父亲的骨肉。

奶奶边流眼泪,边念着:"桂。"每每提及往事,她便会想起我的母亲。

20年前的一个清晨,在县城的一家医院里,当我还有半个身子藏在母亲的体内时,她的生命就已经危在旦夕。最终她还是没能坚持到最后。在只能保全一条性命的情况下,奶奶逼迫父亲在同意书上签字,保住她体内的男婴。

在我8岁那年父亲就将女人牵回家,她带来几件换洗的衣裳,从此就在家里安顿下来。父亲并没有正式娶她过门。奶奶说家里就一个媳妇,那就是桂,我的母亲。

我开始相信关老先生的话,至少相信我在出生时就克死了母亲。

从那个时候父亲就开始憎恨奶奶，他说她是一个心肠狠毒的女人，于是他在9年前就逃出了这个家。从此杳无音信。

五

我将杏送给我的玉坠挂在床顶上的竹篙上。有时候我会去巷尾找关老先生，我说我不相信他所说的命中注定。他开始什么也没说，后来才跟我讲他的故事还有他爱过的女人，那是二十世纪四十年代的爱情故事。他娶了一个富贵人家的女儿做媳妇，后来给不了她荣华富贵，落得一生清贫。一个化缘的僧人对他说，他家里必定将遭遇一场大劫。

我对关老先生说："你要听我的故事吗？"

他依旧闭上眼睛，沉默许久后，他说出了我的故事。我感到惊讶，我忘记了他原本就是一个算命的。

我想说的故事，关老先生都明白。到最后他对我说："其实，也不是没有补救的办法。"

两年后，我再去找关老先生时，听说他在好几个月前死了，他闭着眼睛坐在太阳底下像睡觉一样，走得很安详。

如果真的像关老先生所说的那样，我倒不希望再遇见杏。

3年后，我与杏再次相遇。

她依旧穿着显得很素雅的白色碎花布裙。我蓬头垢面地站在她的面前,愣住几秒后,急忙用袖子在椅子上反复擦拭好几次,才示意她坐下。我说:"这里灰尘多。"

杏还认得我家的大门,只是屋里摆满了木头和许多半成品家具。我告诉她,我成为了一个木匠。

事实上关老先生当初告诉了我回避这场劫难的方法。他说当我打好一套家具后就可以迎娶自己喜欢的姑娘。他当初还给了我一套家具的图纸,样式很精美。要想学成手艺,至少得七八年。也许等我学有所成时,杏已为人妻了。

可是杏真的就出现了,这次来是想告诉我她已经找到了那个姓关的老人。

我放下手中的锯子,给杏倒了一杯水。她问起奶奶和正一。我告诉她奶奶常年卧病在床,正一被女人带走了。那个女人临走时歇斯底里地喊道:"正一是我的,其他的我什么也不要,我就要正一。"

奶奶说:"滚,都给我滚。"

我花了几个时辰告诉杏这几年来我们家所发生的一些变故。这些对于她来说看似不相干的事,是我这些年来唯一的回忆。我也不知道可以跟杏谈些什么。一个人不停地讲,就像讲着别人的故事。杏说:"这些都已经过去了。"

我抬起头盯着杏,她的眼睛,像是有一道透亮的光在瞳孔里上下浮动。她哭了,我有些不知所措。我没有再讲话,一直看着她的脸。她哭泣的样子竟也如此美丽。

沉默许久后,杏接着说:"正和,事实上我一直对你念念不忘,所以才回来看你。"我继续锯着木头,不敢正视她的眼睛。我害怕自己忍不住会跟她一起离开。

六

杏在巷末留宿两天,我把她安顿在那个女人的房间里,心神不宁地为她铺好床,正欲掩门离开时,她叫住了我。

她说:"正和,后天你可以送我去车站吗?"

我点点头,说:"好。"

在杏离开的前一天,我牵着她的手,在旧巷的街道上像孩子一样疯狂地奔跑。晚饭后,我陪她看了一场电影。人们在街道中间挂上一大块白色的布,放映机连续转动着,呈现在银幕上的并不是我们所喜欢的爱情片,在影片结束时,我伸出双手遮住光线,投在银幕上一个巨大的心形手势。

我说:"杏,送给你。"她便给了我一个拥抱。她拥抱着我很久很久,直到人群散去。我知道杏在等着我告诉她"我爱你"这三个字,至少接下来应该挽留她。可是我没有,我说:"明天我送你。"

离开旧巷时,杏没有说什么时候再来。我依旧每天在屋里锯木头,然后在木板上雕刻精致的图案。

一年下来整套家具基本成型,就差一张床。最费精力的要算床头上的雕花。每一刀下去都得精准无误。奶奶用手去触摸那些错综复杂的图案时显得有些激动,那是当年她在木匠那里看中的一张床,就连结婚时也没有得到它。因为爷爷实在没有钱去买一套像样的家具。但她并没有后悔嫁给爷爷。

我将木床刷上最后一道暗红色的油漆后放置在阴凉处。再过几天，我就做完了整套家具。在天色暗下来时，我走进院子里，点上一支香烟，突然很想念杏。

我开始给杏写信，按照她所说的地址寄去。每月一封。我会随信夹一张用木片制成的书签，上面写着我给她的诗。两年过去，一共写了24封信。

杏只回过我最后一封信，她告诉我她要结婚了，准备嫁给一个木匠。因为算命的说只有木匠才能给她想要的幸福与安宁。

后来我将整套家具封存，不断有人出高价收购，我坐在门槛上不理会任何一个人，嘴里只说着："不卖，不卖。"

奶奶死的时候，她娘家来人将她接回去举办了一场隆重的葬礼。后来有人将她与关老先生的骨灰一并洒进关水河。他们说关老先生就是我的爷爷。我不知道当年他为何离开奶奶，但至少他与她的爱情在我看来是真实存在的。

也有人说，几十年前一个僧人将爷爷带走了。从此之后，他谁也不记得。

七

后来，家门前出现了一个僧人，我记得他看我的眼神，是那种久别重逢的喜悦。我想起了很多年前在暴雨中离别的那个男人。他似乎一直都活在我的记忆中,从未抹去。

他对我说:"旧巷将遭遇一场劫难,你往北走不要停下来。"

我说:"这里是我的家,我哪儿都不去。"

僧人还俗后一直居住在巷口给人算命。后来有人也称他为关老先生。但显然他的年龄与那位关老先生差了一辈。

我去看过这位关老先生,让他帮我算姻缘。他说:"命中注定,你将与她重逢。"我说:"不可能,她要嫁给一个木匠,是她自己说的。"

关老先生笑了笑说:"孩子,你是什么?"

他叫我孩子。这种称呼在我看来是除了奶奶以外的人所不允许的。可是,面对关老先生,我似乎默许了他对我的那种关爱。他时常说:"孩子,朝着前方的路走,就一定会看到曙光。"

八

那年7月,一场暴雨将旧巷淹没。一大半房屋被洪水冲垮。我站在屋顶上,等待着救援。他们递给我食物,然后问我:"你还有亲人吗?"我摇摇头。看着我家所在的位置,洪水不停地在翻腾着。

我担心洪水将屋子冲垮,那样杏就再也找不到我了。

我每天收听天气预报,尽量待在离旧巷近的地方。几天后洪水退去,我回到旧巷,屋子里只剩下大量潮湿的木板零散地堆在各个角落。我知道我从此便一无所有。

我将大门紧锁,准备去往北方,僧人说我在途中便可以遇见有缘人。在经过临城时,我想起了杏。当初写给她的 24 封信全都是我对她的思念。我还告诉她我生命中的女人最终都会因我而死。

杏在给我的回信中写道:"哪怕是死,也要爱一回。"

那天临城下起小雨。我穿过无数条街道才找到信封上的地址,思考良久后才伸出手来敲门。开门的是一个中年男人,他的头发上嵌满锯末。我看到他身后是我所熟悉的家具,还有映在梳妆台镜子里的一张熟悉的脸。

杏走到门口,热泪盈眶地与我紧紧相拥。她说:"我就知道你会来,看,父亲为我准备的嫁妆。"

PART TWO

寻找桥木

俄克拉荷马城的冬天

消失的K

朵朵的故事

麦芽糖少年

寻找桥木

后来桥木告诉我,我与她就像摩卡薄荷咖啡,冷甜奶油与咖啡在不搅拌的情况下,始终保持着各自的温度。

一

当天空中掠过一片片白色的鸽子,伴随着一阵阵逐渐消逝的鸽哨尾音时,我会抬头看着黛青色的天空,那一刻始终觉得自己站在老家的天井里看着四四方方的天空。只有在那个时候才觉得天空是有形状的。我只要沿着它的形状走下去，终究有一天会在某一点遇见她。

那么，我是在1999年的春天离开我成长了18年的小镇。那里有着我在18岁之前所有的记忆。我18岁之后的故事，才刚刚开始。

我是一个行走的少年，他们叫我青平。我之所以喜欢在暖和的日子里背着包穿梭在城市间，是因为我一直在寻找一个姑娘。

二

我离开了小镇，没有人知道我一个人偷偷地逃出了那个小镇。

在下火车后的第三天我抵达N城。那个城市给我的感觉是灰色的，就像是用海鸥牌相机拍出来的黑白胶片。阿布说N城有我想遇见的桥木。阿布在N城一家搬家公司做搬运工。他是在1997年逃出我们的小镇。他会在每年的腊月通过镇里的邮局寄回家几千块钱，供三个弟弟和妹妹上学，剩余的钱刚好可以为家里添两头猪仔。

我见到阿布时，他除了皮肤比两年前黝黑，身体似乎结实了许多。

阿布说："肚子饿吗？"他从口袋里拿出一个馒头递给我。这时他们的头儿招呼他有新的生意，然后阿布告诉我他很快就会回来，他拧着一圈粗麻绳与四五个人迅速地钻进一辆大卡车。

我突然想起了她。

等到晚上我计划着该如何寻找桥木，她的样子也许有所改变，甚至她不能完全认出我来。阿布说："你没事还是在这个城市多走走，或许可以遇见桥木。"

我知道他说这句话是开玩笑的。因为所有人都知道N城有多么的大。

三

N城下了第一场春雨。我沿着马路的左侧行走,开始对这个城市东张西望,它的结构比想象中要复杂许多,我误以为我一直在重复着同一个路段。我连续拐了3个十字路口,直到下台阶进入一个地下通道,我看见一个女孩背靠着墙壁独自弹奏着吉他。她唱着:"我是那雨后最初的丁香,在你不经意时开放。"

就是在那个时候,我遇见了另一个姑娘。我知道她并不是我要寻找的那个桥木,但是后来我执拗地叫她"桥木"。

她的刘海遮住了她的双眼,我走到她跟前,递给她一枚硬币,然后坐在台阶上啃着阿布给我的那个馒头。她略带沙哑的嗓子低声吟唱,吸引了众多的路人。他们围着她,猜测着她的年龄、背景,以及未来的生活。她的视线不曾离开过地面,我始终看不见她的双眼。直到我起身离开的时候她叫住了我,那时天空被雨水洗刷得异常干净。

她说:"哎。"

我转过身看着那个女孩子。她的眼睛很大而且明亮。跟我想象中的一模一样。她递给我刚才我给她的那枚硬币,然后提着吉他转身离开。我站在台阶上有些不知所措,远远地看着她的背影,直到她将要消失在地下通道的拐角时，我冲着她喊道："你叫什么名字？"

她笑而不语。

我接着说："我可以叫你桥木吗？"

她点点头便转身离去。

我住在阿布租来的房子里，是阁楼的最顶层，一个月租金200块。阿布说在这个城市里很少能碰见如此廉价的屋子。他打着赤脚，坐在地板上吸着自己用卷烟纸和烟丝卷制成的香烟。

阿布说刚刚帮一家公司搬家，不小心摔坏了一个茶几，一天的工钱又没了。他用粗大的手指握住一支笔芯在练习本上吃力地记录着一些数字，标着只有他自己看得懂的记号。

阿布吸了口烟说："等你哪天回去时，给俺爹娘顺便带些什么好呢？"

他左手的食指与中指夹着没有过滤嘴的香烟，若有所思地看向窗外。我帮他用旧报纸将笔芯卷成一支笔杆，告诉他这样才不会写得吃力。

他笑了笑说："你这是跟谁学的？"

我说："桥木。"

四

18岁之前我遇见的那个女孩她叫桥木。她住在我家以北的小巷里。她留给我的记忆只停留在13岁那年盛夏，我在河边看着她被夕阳拉得很长很长的影子。她奔跑，歌唱。她是一个快乐的姑娘。我们一起爬上屋顶吹着风，她的头发上卡着我送她的栀子花。我们穿过逼仄的小巷，将笑声远远地甩在巷口。

桥木说："你会翻花绳吗？呐，就是在我们的手中来回变换各种形状，譬如大桥、金鱼。"

我看着很有趣，可每次花绳到了我的手中来回反复几次就变成了两条平行线。桥木告诉我如果那样的话就算输了。

事实上我从来都没有赢过，因为我与桥木原本就是平行共存的，一直以来。

阿布去上班的时候我一个人去了那个地下通道。我在入口处就听见一个女孩的歌声。我有些失望，她并不是昨天的那个姑娘，她的声音明显有些生硬。那一天我来来回回穿过十几个地下通道，始终没有发现她。也许，她离开了这个城市。

阿布说她去其他城市的几率很小。我问为什么？他说因为很多人已经习惯了N城。

我相信阿布的话。

很多天后，终于我在一场大雨后又碰见了她。她仍是唱道："我是那雨后最初的丁香，在你不经意时开放。"

后来我知道，只有等到下雨时她才会出现。

"桥木。"我本能地叫出这个名字。即便眼前的她并不是桥木。她似乎早已默认了我对她的特别称呼。

我来的那段日子N城一共下了四场雨,在下第三场雨的时候桥木收工后仔细打量我一番,坐在我身边,然后伸出手说:"你还是给我一枚硬币,我单独为你唱一首歌。"我摸遍了全身也找不到一枚硬币。

她笑着说:"你认为我唱得好听吗?"

我说:"好听。"

她抱着吉他接着说:"桥木是谁?你为什么要叫我桥木?"

我没有告诉她我会将我喜欢的女孩子称为桥木。

她露出恬静的笑容,她是一个美丽的姑娘。

就是在那一天,桥木坐在我身边一口气唱完10首曲子。她感到疲惫,然后靠着我的肩膀睡着了。我甚至不敢大声呼吸,怕轻微的颤抖弄醒她。一直到很晚很晚,桥木醒来时我目光直视前方。我不知道接下来跟她说什么。她说:"你有地方去吗?"我点点头,然后我们两个走向南北两个不同的出口。

五.

我告诉阿布,桥木靠在我的肩膀上睡了3个小时,我却一动不动。阿布这次不相信我说的话,他边抽烟边看着从地摊上淘回来的武侠小说,屋子里没有电视,在这两年里阿布只能靠看小说打发闲下来的时间。在阅读的过程中,他会偶尔问我几个字的读音,然后用铅笔标注上拼音。

阿布说:"你不用再寻找桥木吗?我说的是那个桥木。"

我只是沉默。

后来我经常去那个地下通道,桥木告诉我,她来这里唱歌也没几天,靠西边的那个地下通道她去得最多,那里除了人多,而且没人管。

我似乎开始在乎眼前的这个女孩,忘记了我来 N 城最初的目的。

后来她教我弹吉他,她喜欢许巍的歌,她唱的全是他的曲子。在学吉他的第二天开始,我的手指明显地感觉到疼痛。桥木说以后慢慢会结一层茧,然后会习惯用手指去拨动琴弦,那亦是情感的一种表达。

后来她渐渐习惯我叫她桥木。她叫我哎。

"哎,你渴了吗?"

桥木从包里取出一个苹果递给我。我一直接受着别人的恩惠。除了阿布再就是桥木,他们是我在这个城市最亲的人。

桥木说:"如果可以,我们走遍整个中国吧。"后来是我弹吉他,桥木唱歌。她有天生歌唱的好嗓子。

"我是那雨后最初的丁香,在你不经意时开放。"她轻声吟唱。桥木就像丁香一般,在我的生命里不经意开放。

桥木还说过她要将我们的故事一直唱下去。

六

我离开 N 城时,阿布说:"你回老家吗?"

我没有告诉阿布，我在那一年初夏牵着桥木的手背对着家乡愈走愈远，去往北方。

对于桥木，我不知道她的真实姓名以及家庭背景。可是我愿意跟她在一起，就如同她愿意与我走过一个又一个城市，同样不曾问起关于我的任何故事，那段时日我们近乎相依为命。

可是，我还是主动告诉桥木，在4年前我喜欢的那个女孩子离开了小镇，后来到了南方，从此再也没有回来。只是因为她外婆说她不要脸，成天跟一个男孩子在一起玩。

所以我错觉，我就是让她离开小镇的罪魁祸首。很多年轻人都是在18岁那年逃出了小镇，那里有妇人最恶毒的诅咒。

阿布在那个时候说："你来我这里吧，有个落脚的地方。"

"听起来有些伤感，可她现在离开了你，这是个事实。"

"她是个快乐的姑娘，她的快乐可以感染到身边的人。"

"也许她有别的原因呢？"桥木说道。她试图安慰我。

我说，她像你一样会唱歌。还有跟你一样漂亮的双眼。

桥木忙着自己的事，表现出对这个故事并不感兴趣。她坐在地上调试着吉他弦，每一个音准都要达到完美。

我拿着从电线杆上撕下的一张纸条，准备拨打上面留下的电话号码。有一个数字因溅到水看不清楚，我便试着一个个数字往外拨。最终我找到那个房东，租他的房子不需要押金，这意味着我们随时可以离开这个城市。

这样的日子桥木整整过了5年。她孤身走遍了大半个中国，有些地方她会重复走一遍，她感觉有熟悉的味道，还有一种特有的安全感。

最后桥木说:"我们回 N 城吧。"

我说:"为什么?"

她说:"因为我是在那里遇见的你。"

七

回到我们第一次见面的那个地下通道时,那个地方多了许多摆地摊的大叔大婶,他们在地上摆出琳琅满目的小玩意儿。我与桥木很快就与这几个大叔大婶混熟了。桥木经常流荡在小摊之间看一些手工制成的小挂饰。

现在有我在,桥木不会那么辛苦,一天平均下来可以赚 20 多块。我们在这个地下通道一唱就是半年。后来一个摄影师来帮我们拍了一组相片。我从来都没有跟桥木合过影,那一次,我与她之间的距离隔着一个吉他,两个人紧张得有些不知所措,不知道这个时候应该露着笑脸。以至于后来看到我们俩的合照时,觉得我们的表情看起来是多么的恍惚。似乎我们的眼神一直在捕捉对方,却又偏离实际的主体。

我是在杂志上沿着边线认认真真地剪下我与桥木的合照,放在钱包里。后来有很多人看了那一期杂志后慕名而来,为的只是看我与桥木的表演。那段日子我们的生活得到了稍许的改善。

可是桥木说:"我们还是离开这里吧。"

我答应了她，第二天我们就去了一个我们从来都没有去过的城市。在火车上，桥木送给我一个稻草人，是地下通道摆摊的大叔手工编制的。大叔说："地下通道有了你们才会有这么多人来捧场，这就当是送给你们。"两个稻草人，我与桥木一人一个。桥木接着说："再多一个吉他就更完美了。"

我与吉他都是桥木最重要的东西，我一直这么认为。

八

我们反反复复穿梭在新城市的街街巷巷，为了在最短的时间找个栖身之地。慢慢地，我们觉得生活就是不停地找屋子，然后喜欢拿这次的屋子与上一个屋子相互做比较。

桥木会盘着腿坐在地板上，嘴里叨着铅笔，双手抱着吉他一遍又一遍地创作曲子。她不厌其烦地在整个上午重复着同一段曲调，甚至在吃饭时都用筷子敲打着节奏。她对音乐如痴如醉。

桥木说："明天带你去一个地方。"

她说的那个地方是一家咖啡馆，是她创作灵感的源泉。似乎桥木对每个城市都很熟悉，她曾说过，哪里都是她的家。

桥木带着我行走了大约半个小时后，最终在一个街角看到了那家小咖啡馆。里面的人不多，零散地坐在各个角落，午后的阳光正好打在白净的桌布上，桌面上的餐具反射着刺眼的光，桥木拉着我的手上了二楼，要了两杯摩卡薄荷咖啡。

桥木说以往她在 N 城的时候偶尔也去咖啡馆喝这样的咖啡。当然对于自己来说那是相当奢侈的。桥木曾听服务员介绍过摩卡薄荷咖啡，冷奶油浮起后会变成冷甜奶油，下面的咖啡却是热的，若不加搅拌它们始终会保持各自不同的温度。有时候桥木在咖啡馆一坐就是一个下午。听着音乐，在某一瞬间或许可以在脑海里画出几个音符。这是除了音乐之外桥木唯一娱乐消遣的方式。很安静地看着落地窗外的风景，似乎身处在各个城市唯一相同的感受就是，在某个午后安静下来时，便会从心底不自觉地涌现出一丝丝忧伤。

从那个时候开始，我与桥木来到这个城市的一条酒吧街挨家挨户地推销自己。直到他们认可我们很廉价且歌唱档次并不低俗时，才愿意让我们试一试。

每天凌晨两点我与桥木都会顺着酒吧街，一直走到尽头，然后向右拐，再走大约 20 分钟就可以到租房处。一直以来我们行走在这条街上，却无心看路边的风景。收工后通常是桥木背着吉他，我背着桥木沿着一家家店面行走。桥木的手指一直在墙壁上轻轻地划着直线，断断续续地触碰着墙面。她说那亦是我们行走的轨迹。我所知道的桥木，她始终对他人有所戒备，亦不轻易表达感情。行走一段距离后，桥木趴在我背后小声说："哎，你累吗？"我摇摇头。然后她将脸紧紧地贴在我的肩上。

那段日子回到屋子后桥木会为我打来洗脚水，待第二天起床后拧干毛巾为我擦脸，然后用剃须刀在我的脸上来回转动。我就像个木头人任她摆布。我知道这一切都是她对我的好。

我们从来没有吵过架,那样反而让我更加惶恐。也许太多的情绪积压在心底,等某一刻爆发时便会一发不可收拾。

她说:"你愿意一直陪我这样走下去吗?你有你的亲人,不是吗?"

我一直在回避这个问题,也许她就是我的亲人。我看着桥木,她的眼神告诉我她想得到的答案是肯定的。

后来桥木告诉我,我与她就像摩卡薄荷咖啡,冷甜奶油与咖啡在不搅拌的情况下,始终保持着各自的温度。因为我没有告诉她我会娶她,也没有告诉她我会永远守候着她。她仍然叫我哎,我叫她桥木。只是习惯了如此般相依为命。

我第一次在地摊上买了一件蓝色的纯棉T恤送给桥木,她为我这么小小的一个举动流下眼泪。可是那件T恤她一直没来得及穿上。

就是在第二天夜里,桥木问我是不是仍想着那个女孩,那个小时候与我一起玩耍的女孩,包括她现在的名字都是那个女孩的。

她说:"你难道真的不想知道我的名字吗?"

我一直沉默,然后她终于离开了我,是在天微微亮的时候。

九

我以为那只是桥木在跟我开玩笑,她出去后,一定会再回来。两天过去,我才明白桥木真的离开了我。她不记得,没有我的照顾她是多么的不怜惜自己。她会在发高烧时躺在床上,脑子里想的全是南极的冰川与企鹅。她说:"我没事,明天就会好的。"她说:"给我倒杯水就可以。"我握住她的手,她的身体变得滚烫,她说:"我看到了冰川,很冰凉的感觉。"我将桥木从床上扶起,为她穿上外套,背着她下楼,穿过昏暗的走道,找到一家小诊所。那个时候桥木告诉我这么多年以来她是第一次生病后来看医生,通常难受时,多半是吃药,然后睡一觉就没事了。

我似乎仅仅担心的只是她不会好好照顾自己。

我试图去寻找她,从来时的方向,包括我们俩走过的每一条路。

一年以来,大部分时间我都待在这条酒吧街,我忘记了我只会弹奏,不会歌唱。我与另一个叫 L 的姑娘临时组合在一起,她问我为什么弹吉他时双眼总是直视地面。她问我为什么从来不正眼看她。我没有告诉她这是桥木的习惯,同样没有告诉她我一直在等那个叫桥木的姑娘。

我不明白为什么自己要回到 N 城,也许正像阿布所说的,很多人已经习惯了 N 城。我来到地下通道时,那个摆地摊的大叔还能认出我。他热情地说:"小伙子,怎么没看见跟你在一起的桥木姑娘?"

我告诉大叔,桥木离开了我,也许再也回不到我身边。

后来我知道桥木回到过 N 城,也来过这个地下通道。

大叔说:"你等我几分钟,我答应过姑娘送她一把吉他。"

十来分钟后,大叔递给我一个用稻草编制而成的吉他。他说:"你记得将这个送给她。"

我想起了另外两个被我挂在屋子里的稻草人。

大叔又说："姑娘临走时说过，你，还有吉他，都是她所在乎的，缺一不可。"我突然想起这时桥木会不会在另一个城市抱着她心爱的吉他弹奏曲子，一遍又一遍地唱道："我是那雨后最初的丁香，在你不经意时开放。"

我将对桥木所有的记忆定格在这里。那么，在我没有遇见桥木之前，我要叙述的仅仅只是一个似乎有些多余的回忆。

我是逃出那个小镇的，我试图去寻找桥木，我知道的方向是她的外婆用手指给我的方位——镇子的最南方。阿布就在南方。

我终于在一个晌午悄悄地逃离了小镇。我没想到N城这么大，以至于我开始迷惘，是否可以在没有一丝线索的情况下寻找到桥木。

直到我遇见那个女孩子，她真的很像桥木，我曾在睡梦里叫着桥木，身边的她一直都在默默地流着眼泪。

在桥木不在的两年里，我用一年时间工作，一年时间行走，重复着她走过的路。一步一步向她靠近，一步一步远离自己，远离最初来南方的目的。

我在火车上给桥木写信，我记录下她喜欢的风景，还有我想对她说却来不及说的话，等再次相遇时，一定告诉她，我同样会把我们的歌一直唱下去。

我看着火车窗外逐渐后退的风景，从我遇见桥木的那一天开始就像在叙述着一个故事，这些情节往往是作为小说素材不够曲折而被忽略掉的。可是，我却反复经历着这样或那样的情节，就像这沿途的风景，再平凡不过，却在若干年后回忆时感慨万千。

十

  他们说青平是一个行走的少年,如同浮萍漂泊不定,过着以天为被以地为床的日子。在城市间流离。似乎在找一个叫桥木的姑娘,但她并不是镇子里的那个桥木。

  我想起桥木每次帮我洗脸的情景,她不善言辞,只会不停地对我好。她坐在地上抱着绿色的塑料大碗吃着面条,然后我会喝下碗里所有的面汤。我们曾经是那么的幸福过。
  我记得桥木告诉我有关她的故事,仅仅只是一个片段,她从 13 岁那年开始就抱着吉他到处流浪,睡过无数次地下通道。没有人知道她的背景,亦没有人关心她会不会过得好。她说我是唯一一个在她生病时带她看医生的人。
  有人告诉我他们几天前在 N 城见过桥木。他们都认得桥木,那个弹吉他会唱歌的姑娘,她人缘很好,而且唱得很好听。当我抵达 N 城时,他们又说桥木刚刚离开,就在不久之前。

  当我快要忘记我是在寻找乔木时,很多天后的一个晌午,我在经过一家小商店时,听到了桥木的声音。当我进入商店看着挂在半空中的电视时,画面已切换到下一位选手,但我确定刚才那个声音的姑娘就是桥木,我认得她的声音。

桥木说:"哎,还记得那家小咖啡馆吗?我的歌为你而唱。"我仅仅听到的是最后一句。

后来他们说有个姑娘同样在寻找我,她在别人面前比划着我的模样,去过我们来时的路。可是我们始终是错过。

直到某一天,在我打算再次去 N 城寻找桥木之前,按照最初的路线去往那个地方,独自来到清水街街角的那家小咖啡馆,我相信终究有一天我会与桥木在此相遇。之前的两年期间我无数次经过这条老街,反复看向靠着落地窗最中间的那张桌子。

就在那一天,我背对着的一个姑娘,她朝人群中大声喊道:"青平。"

我转过身子,便看见了桥木。那个我最初寻找的姑娘。

她说:"是一个会弹吉他的姐姐告诉我在这里能遇见你。"

俄克拉荷马城的冬天

在木木转身后,我给她拍下一张相片,背景是一幅很抽象的油画,黑、红两个主色调。相片冲洗出来时,只能看见木木的背影,她当时穿着白色的连衣裙。

一

很多个百无聊赖的午后,我都会孤独地看向公寓对面的那栋小洋楼,在那个时候我通常会思考着一个问题。

我发现对面的艾比小姐有裸居的习惯。她经常光着身子在屋子里走来走去。我并不是想对我的邻居图谋不轨。周围的人都知道我是一个安分守己的中国留学生。我的行为仅仅是站在距离小洋楼50米处的木台阶上观望,我承认那种朦胧感会使我一整夜处于兴奋状态。

我思考的那个问题仅仅是想知道她所做的这一切究竟是何目的?

我在想是不是要将这件事分享给我的室友。我估计他会带上装备让延伸的视线更加清晰。他会后悔自己当初没有带来高倍望远镜。

我的室友叫非非。我起初叫他摇滚小青年,他叫我文艺小青年。

二

有那么几天我经常与摇滚小青年非非蹲在酒吧旁的广告牌下抽烟。于是在某一天我告诉了他有关艾比小姐的裸居事件。出乎意料的是,他似乎对艾比小姐并不感兴趣,他将眼睛死死地盯住酒吧大门。

我们当时的年纪是不被允许进入酒吧的,更让人痛苦的是期待着 Ann 出现的那段漫长的过程。

在此之前我已经很多天没有遇见 Ann 了。直到凌晨,酒吧门前才有了动静。只见 Ann 和另外一个韩国女孩子互相搀扶着走出酒吧。她穿着高跟鞋,扭动着性感的小蛮腰,踉踉跄跄地转过身子对着酒吧大门喊道:"Shit."

在一旁的非非愤怒地说:"估计她是被哪个王八蛋给非礼了。"

我甚至怀疑自己对 Ann 不是很了解,她的这一行为举止与之前完全判若两人。也难怪，我们才认识不到一年。在一起的时间加起来才不过几十个小时。

突然想起在去年我与 Ann 同时被邀请到一个教堂参加庆祝中国春节的联欢晚会。在教堂里，我在享用丰盛的晚餐的同时注意到了身边的这个亚洲女孩子，她正一言不发地观看着节目。

在我看来她是中国人的可能性比较大，被邀请参加晚会的绝大多数的亚洲人都是来自中国，当然也不排除她是韩国人或者日本人。

那一刻，我想我是喜欢上了她。

我最终开口主动跟她打招呼："你好。"我试图用在中国最常见的问候方式去接近她。

"你好。"果然，她很有礼貌地回应了我。

此时我倍感亲切。简短的介绍之后，她告诉我她情绪低落的原因是无比想念远在中国的亲人。我同样有这种感觉，只是将这伤感的情绪压制在心底。其实能参加这个庆祝晚会我的心已经很温暖了。更何况认识了 Ann。

在晚会结束的那个美丽的夜晚，我们坐在教堂的台阶上，看着美国上空的月亮惆怅不已。Ann 说当我们离开了自己的国家之后，才明白这个世界并不是我们之前所想的那样美好。

一番谈话后我了解到 Ann 来自成都，在俄克拉荷马城已经待了 3 年，一直寄住在姨妈家，姨妈的丈夫布莱恩特先生是美国本土人，在一家农场上班。姨妈当初来美国留学就再也没有回去过。

她还与我讲她的姨妈与布莱恩特先生的爱情故事。

直到很晚，在送 Ann 回家之后，我认为我们也许可以在异国摩擦出绚烂的火花。这让我激动不已。可是，事实上这样的快乐没有持续多久。在一个下午我向 Ann 表白时，却被当场拒绝。从那以后，我始终认为 Ann 是不是有了其他的男生，或者是我真的不够帅？

最近两天我与非非所做的一切，就是为了确定 Ann 不与我交往的真正原因是不是真的因为一个叫 Leo 的美国男孩。他与 Ann 似乎走得很近。非非说他看见 Ann 曾多次与 Leo 回家后夜不归宿。

当 Ann 拒绝我的那天下午，她告诉我她喜欢成熟稳重的男人，并且要有异国情调，最好她要像她的姨妈一样嫁给一个美国人。

三

关于 Leo，他有着结实的肌肉，还拥有迷人的欧式双眼，可我怎么都看他不顺眼。

我在街上碰见过两次 Leo 跟 Ann 在星巴克一起喝咖啡，后来不知道什么原因 Leo 消失了，再也没有出现在校园里。几天之后 Ann 也跟着消失了。

于是我与非非打算寻找 Ann，我想非非是很乐意的。我们从同学那里得知 Ann 最近每天都会跟一个韩国女孩子到酒吧泡着，一直等到凌晨才出来，这是我第一次看见她喝得酩酊大醉。

我起身走到 Ann 面前一把拉住她说："你到底是怎么了？"她再一次转过身子，指着酒吧骂道："Leo，你个混蛋。"

之后才知道那天 Leo 也在酒吧内。非非一口咬定 Leo 一定是另有新欢，Ann 遭到抛弃。如果这一切成立的话，非非恨不得立马冲进酒吧将 Leo 拉出来枪毙。他的这一反应让我更加确定我的另一个猜想是成立的。在 Ann 受到伤害的情况下，他表现出与我同样的反应，担心与愤怒。

非非是喜欢 Ann 的，只是他不知道这个世界上有人知道这样的一个秘密：我那天折回来取课本时，亲眼看见非非正对着我摆在桌子上的那张 Ann 的性感照片，亲吻她的粉红色嘴唇。

虽然他在我面前承认过他有那种嗜好，但是他并没有否认他同样是喜欢 Ann 的。

我想 Ann 是不想再见任何人了。她与韩国女孩打车回去之后，我与非非紧接着回到公寓，几天下来疲惫不堪。

凌晨 3 点我将抽到一半的香烟摁灭。非非说："你不要这么浪费好吧，这烟很贵的。"

我有气无力地说："我早打算戒烟了。"

原本我已戒烟成功三个月，没想到非非的出现改变了我两年以来的长远计划。那取决于非非来到学校时带来的一盒红色万宝路，他说这是他在洛杉矶转机的时候买的。我们当时躺在软软的沙发上聊天，时不时他就点上一根对着天花板吹烟圈，一圈一圈的在头顶上空散尽。在如此感观的诱惑之下，我彻底地屈服。

我说："哥们儿，给我点上一支。"然后我们两个对着天花板一阵猛吹，很是痛快。我不再像上高中时那样，偷偷摸摸地躲在卫生间里抽烟，那个时候最怕被妈妈发现，于是对一切不利线索进行"毁尸灭迹",迅速将烟头丢进马桶里冲掉。

其实在我们这群 17 岁少年里面只有非非最牛,他买烟从不需要 Passport（护照）,因为他跟那个美丽的美国收银员小姐很熟。

天亮之后我明确地告诉非非我决定戒烟了,要不然这样下去我无法与他住在一个屋里子,他会影响到我,其实我更想说的是我并不想跟一个情敌住在一起,我承认我是小心眼,特别是在爱情面前。

还有,我很难容忍非非经常与一群摇滚青年在我们屋子里排练。他们将音箱的声音开到简直要爆掉,然后穿着宽松的衣服,竖起手指,在空中指来划去,嘴里还念念有词。

四

我想,除了抽烟时我能与非非在思想上达成一致以外,再也没有了任何交集。

仔细想想,似乎还有一件事,我们的目的是相同的。

发生酒吧事件一个星期后,学校组织了 In-Door（室内）足球赛,那是一个天赐良机,我在想我是不是应该报复 Leo。于是我找非非商议,我们简直是不谋而合。

我终于可以在球场教训 Leo。那样可以避免所谓的暴力行为招致学校的处分,顶多被罚出局。这次我与非非坚守在同一战线上,不仅因为我们都来自中国,更重要的是我们对付的是共同的情敌。非非乐此不疲。在球赛一开始我就死死地盯住 Leo,我不断地寻找机会进攻。他似乎看出我有意无意地在靠近他,于是很小心地防范,可是他忘记了与我并肩作战的还有非非。

在一场混乱后,终于我因严重犯规被裁判出示红牌退场。非非只是被出示黄牌警告。Leo 抱着腿被抬上担架。

我以为站在一边的 Ann 会对我心存感激,她只告诉我这一切真的很荒唐,然后紧紧跟随医生去了医务室。

我真的不知道 Leo 是 Ann 的表哥。我与非非那天在酒吧门口所看到的情况并非想象中的那样,由于 Leo 在酒吧里 K 白粉,被 Ann 抓个正着。他恳求 Ann 不要告诉他的爸爸。Ann 那天在酒吧非常恼火。她憎恨那个贩毒的女人。

在得知 Leo 并无大碍后我便独自一人去教会学习《圣经》,忏悔我的罪过。

我看到艾比小姐穿着衣服坐在克雷格的课桌上反而有些不习惯。她正在讲述着莎士比亚的故事,她说莎士比亚事实上是一个伟大的 Gay(同性恋),她甚至嫉妒他写给同性恋人的那十四行诗。

我无法想象艾比小姐在某个午后多次光着身子出现在我的视线内。我习惯在那个时候思想开小差,同时还在担心着 Ann,她也许还在生我的气。

于是这个周末我骑着单车去寻找 Ann,可是 Leo 的爸爸布莱恩特先生告诉我,Ann 刚刚与朋友开车去了圣安东尼奥市。

布莱恩特先生说:"天气这么好,怎么没和大家出去游玩?"

我摸着后脑勺不好意思地告诉他我没多少朋友。事实上我很少参加社交活动,主要是因为我的英文很烂,也许这也是我泡不到妞的一个重要原因。后来想想,我在美国只有一个喜欢的女孩,那就是 Ann。

记得开始跟 Ann 在一起时,她问我的第一个问题就是:"你在中国有没有女朋友?"

我很直白地告诉她我曾有一个很喜欢的女朋友,只是在来美国之前就分手了。我有太多的无奈。Ann 让我想起往事。

五

于是我给 Ann 讲起我与木木的故事。

在来美国之前我一心想着如何让木木知道我当时正在首都机场,大约一个小时后我将飞往芝加哥,然后转往最终目的地俄克拉荷马州。

我发短信告诉木木我快离开北京了,想见她最后一面。

在这期间我老是产生幻觉听到手机铃声在响,我反复看着显示屏。终于在我即将进入候机厅时手机响了。摆摆说木木也许正在赶去机场的路上。

Ann 接着问:"你确定她没有来吗?也许她在一个角落偷偷地看着你。"她似乎对这个故事很感兴趣。

两年前我与木木吵架的原因就是她不让我出国留学。她说她舍不得我。

我们当时在 798 艺术区参观画展。木木说:"亦风,如果是那样的话，我们就玩完了。"

在说那一句话之前，我就猜到她会有如此举动，我并没有像所有伟大的爱情故事里的男主角那样，为了爱情在木木面前妥协。

我没有做任何挽留，似乎平静地接受了这一切。在木木转身后，我给她拍下一张相片，背景是一幅很抽象的油画，黑、红两个主色调。相片冲洗出来时，只能看见木木的背影，她当时穿着白色的连衣裙。

飞机转弯滑上跑道，冲上云霄的那一刻，我知道从此我离这片土地越来越远。我在想木木会不会出现在机场寻找我的身影。

Ann 再一次打断了我的思绪，她说："你还喜欢她吗？"

我说："我不知道。"

六

放寒假之前的几天，Leo 被送进了戒毒所，Ann 打电话让我陪她出去散散心，她的心情糟糕透了。她还担心姨妈的身体。

我带她去壁球馆打壁球，在坐下来休息时，Ann 问我："你知道我姨妈为什么要跟姨父结婚吗？"

我摇摇头。

"那是因为姨妈当时怀着他的孩子。"

"是 Leo 吗？"

Ann 转动着手中的球拍，用毛巾擦着脸上的汗珠，我递给她一瓶纯净水。

她接着说:"不是,那个孩子最后夭折了,Leo 是姨父前妻的孩子,但是他们一家过得很幸福。"

我说:"你是不是喜欢 Leo？"

她说:"我不知道。"

我筋疲力尽地回到公寓。想着刚刚 Ann 说的那些话,在我情绪低落时通常第一个想到的是非非,他是我最铁的烟酒哥们儿。不知道他有没有听进去我对他发的那些无关紧要的牢骚。我估计他会选择性地收集一些信息注入耳朵里,比如在谈到有关 Ann 的句子时。

非非终于在晚上承认他喜欢 Ann 已经很久了。他喝着啤酒听着重金属音乐,大声喊道:"我喜欢 Ann。"他告诉我的原因是他找到了一个更爱的日本姑娘,他选择很潇洒地放手。更重要的是,他要搬出公寓,与日本姑娘住在一起,开始他美好的留学生活。"

为了给非非送别,我与 Ann 在第二天下午去 Wal-Mart(沃尔玛)购物。买回新鲜的蔬菜,真没想到 Ann 是烹饪高手,她的几道中国菜足以让我感受到祖国的温暖。非非在吃完 Ann 做的菜后,也是到了依依不舍的时候了。他更不舍得贴在他床头上的罗莱娜·科库娃。那个穿着低胸装,摆出撩人 Pose 的性感女人。

我想非非只是迷恋 Ann 的外表,而我跟他不一样,至少我不会轻易说不再喜欢 Ann。

我们将非非的行李装到后车厢后,拍了拍手上的灰尘,在分别的那一刻仿佛少了点什么,于是来一个拥抱。非非小声在我耳边说:"以后你得好好照顾 Ann 了。"

说实在的，我有些感动。至少现在非非已不再是我的烟友，更不是我的情敌。

七

Ann 找到的兼职离我的公寓很近，我建议她搬过来住。我只是开玩笑说我一个人无法住这么大的房子。让人意外的是，Ann 很爽快地答应与我合租，她声明我们并不算同居。

晚上我与 Ann 讲艾比小姐的裸居事件，她好奇地朝那幢白色小洋楼望去，仿佛我是在讲一个很遥远的传说，她笑得前仰后合。总之她不相信我所说的一切。她无法将平时看似一本正经的艾比小姐与我描述的这个狐狸精般的女人联系到一起。

与 Ann 在一起我开始觉得幸福，每天早上桌子上都会有牛奶与面包，还有一份报纸。Ann 很早就去做兼职，她一边上学一边打工，她说那样才觉得充实。她总是对我强调说："我搬进来与你同住并不是对你有意思，而是为了方便工作。"

我冲她笑笑，嘴里夹着两片面包，望着 Ann 走出公寓，直到她骑着单车穿过一片绿化带。

我曾经炫耀地告诉每一个人我与 Ann 在一起过，之后分手是因为彼此不合适。其实那一直是我一厢情愿。也许 Ann 真的只是喜欢壮实的猛男。

我开始在房间里挂上一个沙袋，没事就左一拳右一拳，打得不亦乐乎。我想在几个月后变得强壮些,这样至少可以有十足的把握与我的情敌单挑。我开始计划我与 Ann 将来美好的生活,现在看来这一切进展得很顺利。于是我做好饭菜等待着 Ann 下班回家。

门铃响,当我开门后,一瞬间我被抱得很紧很紧,我不知道发生了什么事,在我反应过来时,也许我真的被眼前的一切惊呆了。

木木提着一个粉色的行李箱站在门口,她顺着一张我当初寄给摆摆的明信片上的地址找到这里,此时我不可能将她拒之门外。桌上为 Ann 准备的饭菜全让木木给吃得精光。我说:"你怎么来了?"看样子她是饿坏了,嘴里还在不停地嚼食物。一个小时过去,始终没有讲话。

木木在沉默将近两个小时后,告诉我一年前她去过机场,只是我的航班已经飞走了好长时间。她还很矫情地说她最终无法将我忘记。

她以为我会感动,至少她是从遥远的中国来看我。

我不知道说什么,也许现在我真的把木木给忘记了。我发现来美国之后我想得最多的人,除了远在祖国的妈妈,再就是身边的 Ann。

木木问:"Ann 是谁?"

她看见我放在桌子上写给 Ann 的卡片。我没有告诉木木 Ann 是我喜欢的女生。她察觉到有一个房间明显是女生的闺房,里面有木木喜欢的粉红色床单,还有无数个可爱的公仔。

我告诉木木与我合租的也是个中国女孩子,她就是 Ann。

Ann 回来时已经是晚上 8 点。我给 Ann 介绍站在她面前的就是木木。Ann 很热情地招呼木木,还答应休假时带她出去玩。也许女人之间都是这么容易和睦相处,更何况都是来自同一个国度。Ann

让木木暂时与她住一起。我看着木木的行李箱，里面塞满了衣裳与化妆品，她应该没有打算很快回去。

我给 Ann 解释，木木是突然来到这里，我根本不知情。Ann 笑着说没什么，这跟她没有关系。我看不出 Ann 有任何异常。也许 Ann 根本就不在乎我。

早晨起床时木木向我们宣布她打算在这里找份工作，然后一直待到我毕业，一起回国。她这一长远的计划立刻就被我当场否定了。

我说："你玩玩可以，下周就回国吧。"木木意识到我的冷漠，她低着头喝杯子里的牛奶，然后小声说："你是不是还在生我的气，甚至恨我？"

我告诉她我只是没有做好心理准备，包括我原本已经彻底忘记的那段感情。这突如其来的一切让我惶恐。

我承认自己会在如此深谙假装楚楚可怜之态的女生面前输得一败涂地。我倒希望她对我大吼大叫，那样我可以在一气之下将她赶出屋子。此时与木木在一起的记忆翻江倒海般涌动于脑海之中。

我是真的恨她？

我打电话给非非告诉他我的懊恼。他说他明天就回来陪我。挂断电话后我在想他话语里面最深层的含义。

八

再次见到非非时，他从车上跳下来，然后抱下前段时间他搬走时搬上车的一堆行李，他对着我打了一个响指，示意我过去帮忙，他狡辩他曾经对我暗示过他随时都会回来。他结束了这一段感情，日本姑娘抛弃了他。他还占据了我的大半张床。

非非说："你是不是在 Ann 与木木之间犹豫不决？"

我突然发现非非其实是很了解我的。他说："当然，要不然我们的审美观在一开始就会不一样。比如说我们共同喜欢着 Ann。"我们就这样一直聊到凌晨 3 点。

早上 8 点时，听到木木朝屋子里喊道："起床了。"

即便那天下起大雪，Ann 也义无反顾地将行李拖上车。她来到俄克拉荷马城将近四年也摸不清这个城市变幻无常的天气，往往在大晴天刮起了风雪。

我知道也许从一开始 Ann 就只是我生命里一个永远都无法得到的姑娘。

Ann 离开的理由是现在非非回来了，房间也应该还给他。她坐在车上，跟木木道别，我们的生活又回到了从前，只是多了一个木木。

木木说 Ann 还有半年就毕业了，毕业后她会回到成都。她在俄克拉荷马城已经无牵无挂。

木木跟我讲了一堆有关 Ann 的故事，都是 Ann 在夜里睡觉前告诉木木的。

木木似乎比我还要了解 Ann，最终她告诉我 Ann 是因为她才离开的。

木木还说也许你从不知道 Ann 一直以来都在验证着一个结果，那就是在她看来你从来都没有忘记过我。

而这一切最终被 Ann 给我发来的一封 E-mail 所证实了。那是在她即将回国的前一天，我打开邮箱时，看到了那封署名为 Ann 的邮件，我便迫不及待地用鼠标点开："亦风，你知道吗？我在一年前听你讲述有关木木的故事时，看得出你一脸的幸福。也许那个时候我以女人的第六感察觉到你还是爱着木木的，所以，对你的选择也要经得起时间的验证。事实也证明你与木木的故事在一开始就没有结束。

消失的K

　　有很长一段时间，我梦见了K，他一直不停地叫我的名字。我在有着大片大片绿色植物的森林里奔跑，K在后面追，然后我转过头时，他就消失了。

　　有很长一段时间，我梦见了K，他一直不停地叫我的名字。我在有着大片大片绿色植物的森林里奔跑，K在后面追，然后我转过头时，他就消失了。

一

关于记忆,我时常会在脑海里梳理这样的片段。

大约是 5 岁那年,卡卡与 K 站在七楼的天台上玩水枪,试图比赛谁的"子弹"射得更远。我在一旁当裁判。在两条抛物线断断续续消失在半空中时,卡卡与 K 同时扭过头看向我,焦急地等待评判结果。

我犹豫再三,最终判定卡卡获胜。K 委屈地说明明就是他的水枪射得更远。他朝楼下望去,试图寻找到有利的证据。我拼命地摇头说:"就是卡卡,就是卡卡。"

在那一群孩子中只有我才敢欺负 K。因为有卡卡罩着我。

卡卡是我的表弟,我们的感情好到一年里的 365 天都黏在一起。偶尔我们会因为玩具和零食发生小小的冲突,通常不到一个小时我们便装作什么事也没有发生过,又勾肩搭背欢蹦乱跳地玩到一起。

每当我读到或看到字母"K"时,就突然很想念那个叫 K 的少年,甚至有时候我都不敢相信他在几年前就死了。

二

两年前的一个晌午,我洗完头,正准备躺在沙发上朝指甲上涂宝蓝色的指甲油时,接到了一个电话。

卡卡在电话另一头说:"你记得 K 吗?"

那时我的回忆一直停留在 8 年前天台上的那一幕。

卡卡接着说:"K回北京了,你要不要他的联系方式?"

我故作矜持说:"不要。"

挂上电话后,吹干头发,穿上小姨送给我的碎花裙子,拿上公交一卡通冲下楼,钻进地铁站赶去卡卡家。每个周末小姨都会做上一桌美味佳肴招待我。

在第八个站出地铁口时,我看见卡卡与一个男生站在一个巨大的广告牌下等我。

"K?"我问卡卡。卡卡摇头告诉我他和男生并不认识,只是刚刚借用他的打火机。卡卡吸了一口烟说:"今天不去家里吃饭了。"于是被他拉到一家西餐厅,上到二楼,他指着角落里的那个英俊的少年说:"他才是K。"

我有些不敢相信眼前这个帅气逼人的少年就是K,还是我小时候根本不懂得什么是英俊?总之我见到K后脸就红了。

我想找话题与他聊天,还绘声绘色地讲到了8年前发生在天台上的往事。K居然不记得。他说,有这事吗?然后转过头看着卡卡求证。

卡卡摇头说:"我也不记得。"我恨不得将所有的细节都讲出来,可是后来我觉得有些失态,虽说我与K小时候就认识,但是现在看来我们跟刚刚认识的陌生人没有什么区别。

K用手托着下巴失忆般地说:"我们之间还发生过什么?"

我突然记起来我与K打过一次架,那时我们玩过家家时K很霸道,他永远是当皇帝,我当皇后,自从1998年看了《还珠格格》后我就知道皇后是个坏人,经常被小区里的大妈们诅咒。我不想当个坏人，更不想被人诅咒，于是就跟K打起来，我说我要当皇帝。可想而知我在幼年时就很有武则天的范儿。

接下来我一直在脑海里搜寻有关K的记忆。我想让K与我之间的联系多起来，尤其是见到K之后，这个想法更为强烈。

三

在我6岁那年，大人们试图分开我与卡卡，我俩死死地拥抱在一起，我像一头凶牙利齿的小野兽，谁要是靠近我俩就咬谁，谁都不能分开我与卡卡，他是我亲爱的弟弟。我记得，在睡觉时我还用双手紧紧地箍住卡卡的胳膊，只是醒来后他就不见了。

第二天早上，我哭着跑去找K，告诉他卡卡不见了，K就牵着我的手走出院子在每条街道上挨个找，累了就坐在公园的椅子上休息，渴了就喝自来水。当时胡同里有很多水龙头被罐头盒包住，还上有一把小锁。K就直接踢它一脚后，紧接着寻找下一个。

除了卡卡，我用同样的方式寻找过K。那是数年前，没有人知道一个小孩子在街道不断徘徊的原因。当时我并不知道K已经跟随他的妈妈去了另一个城市。

我很迫切地想见到K，直到忘记有K这么一个人存在。然后8年后K出现了。就在两年前，我们又短暂地离别了。

再一次见到K时，他与卡卡坐在仓库院子里的围墙上抽烟，卡卡与K分别抓住我的左右手往围墙上拉，于是我就很顺利地坐到了他们中间。

我依稀看见三个小毛孩张开双臂从这面墙上走过。我永远在中间，前面是K，后面是卡卡。

K向我递来一根烟，我摇头说不抽，我对烟有着强烈的厌恶感，那取决于我家的保姆教导有方。当时我上一年级，看见保姆身穿牛仔裤，嘴里叼着爸爸的烟在镜子面前摆pose。我感觉到好奇也想尝试，于是保姆就拿出一根直接给我吃。我将烟当棒棒糖吃，越吃越觉得恶心，吃得满嘴都是烟丝。卡卡哈哈大笑说："现在看来那是一种很好的教育方式。"

我知道这个经历让K想起了往事。他从围墙上跳了下去，像一个叛逆的少年，头也不回地朝仓库大门走去。

K的妈妈就是因为给我吃了烟，才被我妈妈解雇，之后她同K搬去了另一个城市。事实上我妈妈早就看K的妈妈不顺眼，她经常让她打扫卫生到很晚。

我管K的妈妈叫虹阿姨，她每天早上都会帮我梳头发，还给我佩戴各式各样的发卡。那些发卡是她从地摊上淘回来的，五颜六色，很好看。

虹阿姨是个漂亮的女人，她总是在家里无人时偷偷地换上妈妈的衣服在镜子前照来照去。我当时便觉得她比妈妈穿着更时髦。一次，我告诉妈妈虹阿姨穿上那件白色棉裙要比她好看。

后来妈妈就是因为这件事对虹阿姨进行了处罚。

四

K这次回来把我们小时候所走的路全走遍了。他踏着人字拖鞋在马路上来回奔跑。

卡卡说K跟虹阿姨断绝了母子关系,她被介绍到另一户人家做保姆不到一年便成为那个家的女主人。

那些是K自己说的。

晚上K将我与卡卡带到他现在的家。房间还算整洁,空气中充满K身上特有的烟草味。他只抽Marlboro,有薄荷的清凉。他的床头有一个空的金鱼缸,里面堆满了烟灰。K习惯晚上看足球赛时躺着用左手握住金鱼缸抽烟。他说那比烟灰缸更有安全感。

卡卡拍拍K的床说:"就这么愉快地决定了,以后这里就是我第二个避风的港湾。"他打算从此跟K住在一起,那样方便每天晚上更晚回家。我向小姨担保说卡卡很安全,他每天住在我同学家补习功课。

那段时间我们三个人就像回到了小时候。K总是让我讲我们小时候的事。

卡卡将他新交的女朋友带到K家给我看,我怎么看她都不顺眼。我说你应该找一个美丽矜持的姑娘。

卡卡就把这姑娘给甩了。然后他整天都郁郁寡欢,像是姑娘甩了他似的。我每每看到卡卡那失落的样子就特别心疼。我对他说你喜欢哪个姑娘都好,以后不要来问我,你自己开心最重要。卡卡总是漫不经心地说:"我也只是玩玩。"

再一次看见卡卡带回来一个姑娘时,我觉得真的没有什么可挑剔的了。我说这个行。卡卡说行什么啊,那是 K 的女朋友,然后紧接着看见 K 推门而入。

后来我听见卡卡在厨房里边从冰箱取啤酒边对 K 说:"你应该找一个美丽矜持的姑娘,最重要的是不抽烟,像我姐那样的。"

不知道为什么,我听到这句话时鼻子酸酸的,虽然后来我知道那个姑娘是 K 好哥们的女朋友。

五

卡卡一直打算撮合我与 K。他整天在 K 的面前夸赞我有多么勤快,多么善良,还特别懂得照顾人。

我的优点在被卡卡放大无数倍后,K 仍是无动于衷。

我就是不明白,我的生活中怎么就突然出现了一个 K,而且是那么一个让人有感觉的 K。

每当我兴致勃勃地跟 K 讲起小时候的事情时,他就会表现出浓厚的兴趣,然后时不时就会说上一句:"是吗?"

他像是在听别人的故事一般。

后来K就消失了。

就在K消失的前一天,卡卡带他回家吃晚饭时,小姨仔细打量身边的K,感叹时光如流水,昔日的小毛孩不知不觉就长成了一个轮廓分明的帅小伙。K在面对别人的夸赞时显得非常不自在,一直用左手搔后脑勺。

在餐桌上K像是对小姨欲言又止。也许很多年没见,反而生疏得没什么话可说,但总得说些什么。最终K说:"阿姨,可不可以告诉我那个男人的地址。"一阵交谈后,小姨回到房间将写好的地址条递给K。

后来我才知道,K的爸爸得了肺癌,正躺在医院里化疗,他唯一的愿望是要见K最后一面,而知道他爸爸一切的只有我的小姨。他们曾经是同事,17年前K的爸爸带着另一个女人去了南方。那个女人是小姨的好姐妹。

在K出生不到两个月,他的爸爸便离开了他与妈妈。17年来他们从未谋面。在此期间他的爸爸曾多次要求见K,可是K的妈妈坚决不同意,说见到一个罪人会严重影响孩子的心智发育。

K必须瞒着他的妈妈一个人去看陌生的爸爸。

六

那是一个星期天的上午,我收到一条从K的手机发出的短信:"K死了。"

我惊讶地张着嘴,半天说不出话来。我回复短信说:"你在恶作剧?"

我再次拨打K的电话时,一直处于关机状态。出租屋里也找不到他的人。我不停地给他发短信:"如果K死了,你他妈到底是谁?"

后来就有个叫浩子的男孩说要来找我与卡卡。

K小时候跟我提过几次他的爸爸,他让我陪他去找爸爸,那个时候我不愿意,我说你没有爸爸。因为我从来都没有见过K的爸爸。

K消失一个月后,浩子突然出现在我和卡卡面前。他说:"我是K的死党浩子,K,他死了。"一切都是那么的突然。

K在去找他爸爸的途中出了车祸,送到医院抢救了两天不见好转,看到浩子时K使出所有的力气交代了几句话后就走了,就像电视里演的那样。他还让我们不要伤心,他说,最放心不下妈妈和妹妹。以后可以和他爸爸在另一个世界见面。

浩子还告诉我们K说过他有两个好朋友都在北京。浩子是替K来探望我与卡卡的。他仅仅只是想完成K的愿望。浩子以K的名义来看我与卡卡,还有他的爸爸。

浩子跟我讲他与K的故事。

K15岁时与浩子在同一家快餐店送外卖,他们不满老板给出的微薄薪水后一起将送外卖的自行车推倒说:"我他妈不干了。"他们觉得那个推倒自行车的动作很潇洒,老板当时就傻眼了。他还与K一起做过很多疯狂的事。浩子说着说着就兴奋起来,他说K是他的好哥们儿。

晚上7点的火车,浩子说他也该离开北京了,和浩子一起离开的还有一个姑娘，我们上次在 K 的出租屋里见过。

可我对 K 7 岁之后的故事越来越感兴趣，我决定去了解 K。

七

我与卡卡站在天桥上剥橘子，然后朝天桥下来往的火车顶上扔。我俩打算等到高二暑假坐火车去找浩子。

等到那一天后，我们买好火车票就去了那个海滨城市。卡卡很兴奋，他从来都没有见过大海，而我在想一个人。想他 7 岁之后的生活。

下火车后浩子用摩托车将我与卡卡接到他家，然后带我们去见虹阿姨。

虹阿姨还是将自己打扮得异常的漂亮，如今她一笑，眼角便挤出一道道鱼尾纹。虹阿姨给我看 K 在 14 岁那年拍的相片。他孤独地站在海边的岩石上，眼睛看向远方。

"K 有喜欢的女生吗？"我问。

"他从来不与我谈心。大概是有。"虹阿姨无奈地回答。

身边一个 8 岁左右的女孩子跑过来说："妈妈又在想哥哥了。"

虹阿姨摸摸她的头接着说："K 小时候吃饭用左手握筷子，怎么打他都纠正不过来，他是个倔强的孩子。所以他就这样固执地走了。"

虹阿姨拍拍她身旁的椅子让我靠近她坐下。她微笑着帮我梳头发，她说："这一梳便是 10 年啊。"她像是在梳理自己的记忆一般，眼角闪烁着泪光，每当提到 K 我们的心情都异常沉重。

我说:"虹阿姨我们回去了。"

她站在大门前相送。浩子说去海边吧,在途中他告诉我们K就是想见爸爸一面。如今浩子替他完成了心愿,K的爸爸在离开之前紧紧地握住浩子的手不停地叫他儿子。他以为他是K。浩子就把自己当成K,也不停地叫他爸爸。

那个场面很感人。浩子说他有些受不了,跑到洗手间里使劲地哭,他想起了K。

海边的帐篷搭好后,浩子拿出相机打算记录下这次旅程。他说这是K的相机,里面有还没来得及冲洗出来的相片。

八

我像是得到了宝贝一般将相机揣入怀里。

迫不及待地来到相馆。洗出来的相片是一幅翻拍的旧照,三个小孩手牵手,背景是一面墙,上面用白色粉笔写着密密麻麻的小字。

左边是K,右边是卡卡,我在中间。这张相片让我想起了更多关于K的故事。

K是一个小个头、单眼皮男孩,爱打架。他只要惹到我,我就在墙面上写上"K是王八蛋",直到将一面墙写得满满当当方才泄恨。围墙上也会不知不觉地被人写上"小白是丑八怪",通常我会偷偷去擦掉,或者将名字统统改成K。

K与我在过家家中垄断皇帝与皇后这两个宝座时,差点引起内乱，但 K 又是最会打架的那个，他打遍小区无敌手。有一段时间，那些只能扮演太监的小朋友便在院子的围墙上写满了"K 喜欢小白"，以此来嘲笑我与 K。我就与 K 一个一个地擦，还让 K 一定找出那个恶作剧的小朋友，好好揍他一顿。

这次我带回了 K，将我们的合照放在床头上。我又开始唧唧喳喳让卡卡帮我物色美少年。生活像回到了过去，不同的是在清晨偶尔会想起 K，还有浩子。

后来我去学跆拳道。要学会一个人保护自己，我害怕终究有一天他们会一个又一个地离我而去。

一年后，卡卡按照我的标准找了一个合适自己的姑娘，他们每天如胶似漆，多数时间我变成了一个人。我知道谁也分不开我与卡卡，除了时间。我们在不断地成长，然后有各自的生活。

之后我在武馆里认识了一个跆拳道高手。

九

那个下雪的冬天我与跆拳道高手一见如故。

直到如今，我们相处得很融洽。我俩一起看电影，一起逛街，一起打电玩。跆拳道高手的舞机也跳得特牛，每次在电玩城都能迎来众人热烈的掌声。

跆拳道高手教我跳朴志胤的《成人礼》。随着节奏跳着跳着，我就成年了。他陪我一起过完 18 岁的生日。那一天我许下了一个美好的愿望，关于 K。

凌晨 1 点，跆拳道高手送我回家。我告诉的哥地址时，跆拳道高手说："我小时候也住那块儿，不过拆迁后就搬走了。"我以为他想特意制造缘分才这样说。

我说："有你这么老套哄女孩子的吗？"

当他告诉我他的外号叫阿洞后我就确定他是谁了。我们哈哈大笑了半天。阿洞就是小时候过家家时经常被逼扮演太监的那个小孩。

阿洞说："你不要告诉别人啊，你要是告诉别人我就不要你。"阿洞一世英名不能毁在我的手上。

"你记得 K 吗？"我突然想起了 K。

"怎么不记得，他老是欺负我们。"

"谁叫你小时候那么弱小。"

"哈哈，也是，不过你现在叫他来跟我单挑，他未必是我的对手呢。"

我很想告诉阿洞 K 不在了。一阵沉默后我又说："你们小时候贼坏了，打不赢 K 就在背后搞小动作，在墙上写什么'K 喜欢小白'之类的字。"

"幼稚。"我又补充了一句。

阿洞辩解道："哪有，那些都是 K 自己写上去的，我们只是不敢揭发他，你不相信去问他。"

"我们只写过'小白是丑八怪'。"阿洞哈哈大笑老实交代。

阿洞接着说："对了，K 现在在哪里啊？"

……

朵朵的故事

我与他就像两辆背道而驰的火车,沿着铁轨离彼此愈来愈远。我知道我们在彼此的痛苦之中抽离出来的更多的是曾经的美好。

一

我的视线透过窗口延伸,不远处呼啸而来的那辆火车以大约每小时160公里的时速从我的面前一闪而过。那一瞬间,我确定根本就看不清他的脸。

我知道他即将经过这里时,我的屋子会发生轻微的抖动,木质地板被我踩得咯吱咯吱地响。这意味着我每天都要经历无数次小地震。我只是习惯了这样的生活,从我3岁那年开始就经常双手托着下巴,坐在窗台前看着一辆又一辆的火车从我的视线中消失。小时候我对火车的好奇,仅仅停留在最初的一个在现在看来似乎很弱智的疑惑之上——火车是怎么调头的?

二

我的家就坐落在X城的西南角,与铁路仅隔着一道铁栅栏。

从我屋子的角度可以很好地俯视火车穿梭的姿势。我每天生活的一部分就是看着它们发呆,然后想着什么时候可以坐上火车。自始至终对火车充满无限的好奇心,所以我在17岁那年告诉田地我年幼时的愿望就是要嫁给一个会开火车的人。

后来我才知道田地的高考志愿在最后一刻被改填为武汉某个大学的铁道机械运用专业。在此之前,他在想改变我最初的愿望的同时,还告诉我火车实质上是有两个车头的。我仍义无反顾地告诉他我绝对不会动摇最初的愿望。那是我的志愿,就像很多同学想长大要当科学家一样。

田地就是我所有同学中想长大后当科学家的其中一员。他的爸爸妈妈对他恨铁不成钢,知道缘由后便唉声叹气地指责我是红颜祸水。田地的爸爸只请来家族里几个亲人低调地为他在自家大院里摆上了一桌酒席，形式上庆祝他金榜题名。这是田地将成为一个优秀火车司机迈出的第一步。似乎比我最初的愿望还要坚定，锐不可当。

那个盛夏的夜晚，在月光下田地对我说："你再等我4年吧！"

于是我就答应等田地4年。4年又算得了什么，比起杨过等小龙女的16年，只不过是其四分之一的时间。

在田地去武汉上学的那段时间，我一如既往地坐在窗台前看着铁栅栏对面的铁路发呆。田地曾说："我将来带着你顺着铁路一直走下去，离开X城的任何地方都应该很美。"

田地说的话我都相信，就像相信他曾说过我的梦想就是他一直所追求的一样。他在高二那年寒假拉着我的手告诉他的爸爸妈妈我是他的女朋友。他不止一次跟他的父母唱反调。之后，他告诉我他会对他散播出去的谣言负全部责任。在此之前，我们是很要好的朋友。

三

认识田地时是小学四年级，我刚转到他们的学校，然后在一个班，再然后就是同桌。他告诉我他的父母并不是农民，而他的母亲当年也并不是在田地里干活时生下他。

"忘记告诉你们，我小时候的第二志愿就是想做一个有着奇特幻想的小说家。"

田地笑呵呵地说："你真有趣。"

我说："田地，你坐过火车吗？"

他点点头,然后告诉我他的爸爸就是管整个铁路局的,而我并没有告诉他我的爸爸是在铁路局开火车的。

类似这样的对话应该出现在幼稚园,然后将各自的爸爸搬出来相互做比较。田地严重伤了我的自尊心,即便他是无意的。

我的爸爸曾无数次出现在我的笔下,多少让人看得有些厌倦。但我仍乐此不疲地叙述着一些想象抑或是从妈妈那里听到的有关爸爸的故事。

我年幼的记忆就是妈妈告诉我可以在房间的窗口看见爸爸,他每个月有15天不在家里。每次火车经过我窗前的速度太快,以至于我根本无法看清他的脸。

我梦想着有一天能坐上爸爸开的火车,然后通达一个又一个美丽的城市。

四

妈妈说如果能碰到一个像爸爸这样的男人一定要抓紧他的手。我记住了这一句话。

田地在向我招手,他果真是从学校偷着跑出来见我,在前一天他的爸爸刚开车送他到学校报到。他这次是坐火车回来的,从武汉坐火车到X城只需要45分钟的时间。就这么近的距离,突然觉得田地叫我等他4年的那句话特别矫情。

这个时候田地穿着很好看的蓝色T恤站在广场中央的喷泉下咧

着嘴傻笑,然后告诉我他的大学有多么的糟糕,第一印象就大打折扣。不过说真的相片上拍的他的大学确实好看。

我说:"你是不是后悔了?"

田地摇摇头说:"学校美女如云倒是真的。"田地往往说类似这样的话时,我都会沉默。

田地一直注意着我的反应,最后多少有些失望地转过头,摆出一副满不在乎的样子,晃动着脑袋东张西望。即便他从不太远的地方跑回来看我,我也应当做出一副感人的模样,让他多少有所欣慰。于是我第一次用稿费为这个大男孩买了一件格子衬衣。每个格子就像是我用文字拼起来的一样。我欣赏着田地穿着它的样子,就像欣赏我自以为是的杰作一般。

五

事实上,我是对田地有所愧疚。我似乎是喜欢上了一个叫 H 的男人。

H 是爸爸的徒弟。自从 10 年前的那场列车脱轨事故之后,爸爸就永远地离开了我们。从此我们的生活中失去了一个可以带给家庭安全感的重要角色。

妈妈的身边曾出现过无数个追求者,唯独 H 自始至终对我和妈妈有所照顾。他经常提着礼品站在巷末大声叫着我的名字。我起初对他的热情是不愠不火,后来就习惯这个男人用宽厚的手掌在冬天里抚摸我冻得冰凉的脸颊,我贪婪着他手心的余温。H同样会满头大汗地握住锄头在后院帮妈妈除花园里的杂草。还有他每次会带来我最爱吃的草莓。

我叫他H叔叔,他比我大整整10岁。

在此之前H是我小说里的人物,之所以称呼他为H,那是因为我对他仅仅心存幻想,他不过是我人生中印象深刻的一个过客,我甚至曾幻想过他与妈妈在一起,当然那仅仅是我一厢情愿。可是,妈妈在不知不觉中开始对H有所戒备,后来她越来越觉得H是个危险人物。

妈妈每天都在想念爸爸,她觉得他始终都睡在自己的左边,连蓝色的格子床单都是两个人一起去商场买的。想着想着她的眼泪就不停地流。她凌晨3点起床推开我的房门说:"怎么还不睡?"在她看来我每天写的一些故事都是枯燥乏味的。她对我大发脾气吼道:"再不睡我就断电,我一个人带着你容易吗?"她显得愈加的激动。我多半是不做声,很平静地看着她的脸。她走到我跟前,抱着我的头歇斯底里地哭喊着爸爸的名字,她憎恨他就这样地丢下两个柔弱的女子。她有将近两年的时间一直处在极度抑郁的状态之下,她在思考着为爸爸做点什么。

爸爸是在1985年与妈妈结婚。当时爸爸还是刚上岗的列车司机,妈妈是铁路局美貌的列车员,两人在相恋6个月后便走到了一起。后来在1986的盛夏生下一个女婴。他们为我取名为夏朵朵,就像盛夏盛开的花朵。是的,我一直记得爸爸曾这样赞美过我。

妈妈通常会在午后给我讲述她与爸爸的故事,譬如在那个年代爸爸拥有一辆红旗牌自行车，妈妈会坐在前杠上，长发随着风甩在爸爸的脸上。偶尔妈妈也会坐在自行车的后架上，爸爸每次都会假装刹不住车来一个急拐弯吓得妈妈双手紧紧地环住他的腰。她说她就是喜欢这个痞子般的夏海明。

妈妈心里容不下其他的男人，包括H。尽管在爸爸离去的10年里，H始终单身并时常来照顾我们，但是他似乎同样没有任何其他的目的。可后来妈妈发现我时不时就会问起："H怎么好久没有来了？"从以前的称呼"H叔叔"转变成"H"。她以女人的敏感察觉到我对H的感情发生了偏移。

六

田地回学校后，我将大段大段的文字在网上传给他看。一个小时后，他说："朵朵你是在写小说吧？可是我看着又像是日记。H是谁？"

我只是沉默不到一分钟他便敲出无数排问号。我准备告诉他，H是我喜欢的那个男人。可是最后发送出去的是——H只是我小说里的一个路人甲。

"为什么你小说里没有其他的女主角？"

"因为我自私得不想用文字去描述任何其他的女人，哪怕只是一个代号，那是一件相当麻烦的事。"

也就是H在小说里只能爱我一个人。

田地听得不大明白,他告诉我很多同学夸赞他的格子衬衣很好看。他的专业虽说很枯燥,但是他会好好地混下去。他转移了话题。……

　　我知道田地就像小时候一样在我面前有说不完的话,我只是安静地盯着显示器上此起彼伏的文字,想着一个又一个故事情节。

　　起初我是讨厌田地的,就是因为小学四年级的一次家长会结束后,我看见爸爸对着田木桥弓着身子目送他上了一辆黑色小轿车,然后嘱咐我在学校跟田地要保持好同学关系。后来我偶尔会在妈妈嘴里听到田木桥这个名字。直到有一天爸爸买回一个当时最新款的变形金刚却不让我玩儿,不久就发现田地上学时带去了一个一模一样的,他被同学围成一个圈。我有些委屈,因为爸爸从来没有给我买回一件像样的礼物,哪怕是一个过时的芭比娃娃。

　　我越来越讨厌田地,可是后来他会将所有好吃的好玩的东西都分给我一大半,是为了让我帮他写作文。他的动机就像爸爸一样带有明显的目的性。后来他为什么会喜欢上我,这一直是一个谜。

　　田地说:"我下线了。"我用一贯的模式发送给他一个飞吻,然后继续在电脑前杜撰我与H的故事。

　　H之后并没有当上火车司机。他靠着仅有的一点关系在铁路旁摆摊做生意,一旦有火车靠站,他都会推着装满各种食品的货车挨着窗口边跑边吆喝着:"哎,泡面啊泡面。"他一直这样生活了4年,日日如此,从不间断。

　　H是当年列车脱轨事件的幸存者。这也许是他以后没有真正当上火车司机的原因,这多少在他心底留下不可磨灭的阴影。

H 帮我将窗前的桌子换成了新的,然后装上一台新电脑。他指着窗外刚刚呼啸而过的火车说:"你爸爸的梦想就是让你坐着他开的火车通达一个又一个美丽的城市。"我感觉到这句话似曾相识。低下头突然看见桌面的玻璃下夹着的老相片,我骑在爸爸的脖子上,背景是有着大片大片木棉花的庄稼地。

这时,妈妈端着一杯水走进房间递给 H。她很感激 H 为我们家所做的这一切。可是后来她说:"我会与朵朵去乡下姥姥家住,你以后不用再来了。"妈妈将头转向一边看着我。她的表情有些僵硬。

七

后来 H 就再也没有来过。我打听不到有关他的消息,他似乎离开了 X 城。或许他根本就在 X 城的某个角落偷偷地关注着我与妈妈。

我与妈妈吵架的原因就是她让 H 离开了我们,准确地说是让 H 离开了我。我第一次奋力反抗她,回敬她咄咄逼人的架势。将房门用力地甩上后跑到楼下电话亭给田地打电话。我只是一个劲地哭,没有告诉田地到底发生了什么。我不可以说我失去了 H。

田地出现在我面前时,我仍然对着电话不停地哭。田地说原来女生哭起来真的很麻烦。他用半个小时赶到我所在的电话亭,然后挂断手机。将穿着睡衣的我在凌晨一点送到家门口。妈妈坐在客厅的地板上,递给我一个镀着金边的老红色请柬。

请柬是 H 的。他已经结婚了，他有了自己的家庭。时间是一年前。后来我尽可能的忘记 H。可是到头来，H 在我的脑海里挥之不去，内心深处似乎一直记得在我小时候，他的手掌曾遗留在我脸上的那一丝余温。

田地说他不会给我任何机会在小说里幻想爱情。他就是我的爱情。

"忘记 H 吧，至少我是真实的。"田地在电话里说。我能感觉到他洁白的牙齿紧紧地咬住粉红色的嘴唇。他终于揭露了我的谎言。那也是我最终的目的。

我没有告诉田地即便是在小说里，我同样没有得到 H。因为得不到的永远是最珍贵的。

我不知道我是不是真的喜欢田地，但唯一确定的是，我喜欢与他在一起，哪怕只是静静地坐着听他一个人讲话。

后来我的小说里多了一个叫田地的男主角。他大学毕业后，一直留在 X 城与我在一起，我们整天黏在一起,他占据了我所有的时间。

八

在田地不在的 4 年里，我经常一个人去距离我家 100 米远的城俯街的那家咖啡屋，我每次都会要一杯拿铁咖啡一坐就是一整个下午，我会拿出纸与笔安静地写着字。

直到有一次我看见妈妈与一个男人坐在一个角落,他们安静地谈论着什么,后来妈妈的情绪有些激动,她给了男人一记响亮的耳光。我仔细端详着男人的脸。没错,他就是H。

妈妈拎着白色皮包夺门而出。

正当我要跟随妈妈时,从洗手间的方向走出另一个西装革履的男人,我确定他就是田木桥,田地的爸爸,铁路局局长。我不知道发生了什么事。

我回到家里妈妈一把将我揽入怀中泪如泉涌。她呆呆地坐在床上再一次拿出爸爸的相片,然后告诉我一个惊天动地的真相。

我不得不从十多年前的那场列车脱轨事故说起。当时是下午2时12分,下着蒙蒙细雨,当爸爸驾驶的火车行驶至X城郊时出乎意料地一个急刹车。原本高速行驶的火车瞬间偏移轨道。H是目击证人,当时爸爸看到直线两百多米处一群玩耍的孩子,紧急制动。

事实上H做的是伪证。真正的原因是工务人员违章抽换轨枕导致事故发生。田木桥有不可推卸的责任,他封锁了一切线索。而妈妈用十几年时间查出了真相。准确来说是H主动告诉了妈妈这一切。

我多么希望以上发生的一切只不过是小说。可是这一切明明是真的。

九

我不得不用一周的时间来做出一个决定。

田地说:"我与你的爱情与这一切无关。"那么我对 H 的爱情会不会发生改变？我跟田地面对面坐在咖啡屋里，音乐响起，莫文蔚唱道:"我知道，他不爱我。"

然后一阵沉默。我说:"田地，我们分手吧。"

他流着眼泪说:"我可以不在乎一切，除了你。"

我头也不回地离开了咖啡屋，其实我的眼泪在转身的那一刻已夺眶而出。那段时间我一个字也写不出来。妈妈仍在忙碌着搜集资料与联络当年遇难者家属，准备打一场官司。可是一直以来缺少的只是证人。

H 出现在我家门口时他并不担心妈妈会对他做出丧失理智的举动。他放下手中的牛皮袋后说:"这是田局长补偿给你们的。"

妈妈朝 H 怒吼道:"这有个屁用！"

这些并不能换回爸爸的名誉。所有人认为爸爸是罪魁祸首，因此当年爸爸并没有得到应得的赔偿。这一切妈妈整整承受了十几年，她只是一个柔弱的女人。

妈妈说:"朵朵，你帮我把这些资料输入电脑然后打印出来。"我看着厚厚一叠稿纸，上面都是用各种颜色的圆珠笔在不同时期记录下来的文字。这些都是妈妈一年一年累计出来的蛛丝马迹。

"H 终于在 2008 年 4 月 22 日下午 2 点告诉我其实夏海明当年并没有违规驾驶，一切发生得太突然。他的良心在这些年来备受谴责。"妈妈的笔触像一把把锐利的尖刀刻在我的心上。

这段文字是妈妈最近记录在纸上的相关讯息。在妈妈看来，H 并不愿意出来作证人，他只想自己站出来后让田木桥对妈妈与我有所补偿。他看到妈妈这些年来艰苦地生活,H同样在这些年来内心无时无刻不受着煎熬,他对我与妈妈的好,原来只是在给自己赎罪。而我对他的爱只不过是一种安全感的依赖。

我在不知不觉中卷入了这一场风波。对于我,还有田地这一切都是不公平的。田地发来短信说:"朵朵,那10万元有没有收到?"我没有回复他。或许当年田木桥以相同的方式给了H10万元。妈妈将那10万元原封不动地保存起来,她准备到时候作为证据交给法官。她正在努力地让田木桥的命运逐步地接近本质。

田地继续打来电话,凌晨1点我坐在出租车里听着电台女播音缓和而清新的声音。这个小城突然间显得异常安静。手机铃声持续响着,司机透过反光镜用带着一丝疑惑的眼光瞅了我一眼。我喜欢坐在后排靠窗的位置看X城的夜景。最后我忍无可忍地将电池拔掉。

我到家门口时,田地蹲在台阶上抽着香烟,妈妈站在窗口徘徊。她说:"你去哪里了?手机也无法拨通?"田地在我开门的一瞬间跪在妈妈面前,他恳求妈妈放过他爸爸。妈妈咬牙切齿地说:"这一切必须由田木桥来承担。"

十

田地无法挽回这一切,就像我们无法挽回那一场原本美好的爱情。

一个月后田地发来短信说:"朵朵,我今天将第一次正式地开火车。"

我说："恭喜你。"那一刻我似乎忘记了我最初的愿望。

那段时间我更多的是帮妈妈整理日后将要用到的申诉资料,并开始在书柜里翻看此类案子的相关法律书籍。那些厚厚的书早已被妈妈反复翻阅无数次。足以比得上我看过的所有小说。我曾经一度还埋怨妈妈的那些书占据了我大半个书柜。

接下来的日子我与妈妈讨论着有关申诉的一些琐事,并试着去说服唯一的证人。我回短信给田地说这些天我们最好不要再联系。

直到出庭的那一天,我与田地在法院碰面,他的情绪异常低落,妈妈甚至不允许我多看他一眼。

再一次见到 H 时,他是作为证人出现在法庭上,多少让其他人有些意外。他当着所有人的面揭露了田木桥的谎言,即便他知道自己将得到与他同样的下场。

H 用平和的语气讲述一段惊心动魄的往事,每一个字却是小心翼翼地从嘴里吐出。

临走前,H 被戴上手铐,他转过身对妈妈说了三个字:"对不起。"妈妈突然失声痛哭,她憋在心底十多年的委屈在一瞬间得到释放。她终于可以放下这个沉重的担子与我好好地生活下去。

我看着 H 离去的背影,原来他真的像我所说的那样一直以来都默默地在关注我与妈妈。

可是后来,我小说里再也没有出现 H 这个人,他就这样在我的世界里消失得无影无踪。

我始终记得田地曾说过:"至少我是真实的。"我们亦明白,再如何真实的爱情,也抵不过现实。

十一

一个星期过去,田地始终接受不了这突如其来的一切,他在第二个星期的晚上打来电话说:"我现在一无所有,是否包括我的爱情?"

我告诉他我们再也回不到过去了。原来打一开始我就并不爱他,只是习惯有他在我身边。总之我是这么告诉他的。

对于爱情我是自私的,包括小说里的男主角,也只能是我先离开对方。只是 H 在我的生命中是个例外。我对他的依赖足以让我渐渐淡忘当年失去父亲的那段时间感到的焦虑与恐惧。如今,我再一次失去一个可以给予我安全感的男人。

直到最后,我以为我忘记了所有的人。

X 城下起 2009 年的第一场大雪时,我窝在屋子里写小说,突然 MSN 上闪动的头像弹出一条信息。

"能出来一下吗?"

半个小时后田地约我在广场见面。X 城被一片白色笼罩,我裹着紫色羽绒服站在喷泉旁不停地跺脚。

田地走过来说:"好久不见。"他的头发长了许多,笑起来依旧很傻很傻,我以为在我不在的时间里他应当有所改变,至少今天他面对我依然神态自若。他告诉我他离开了铁路局,是受到田木桥的牵连。然后我们顺着以往的路线行走,曾经我与田地以不同的方式一次又一次地经过那一条条笔直的街道。而这次我不知道接下来要说些什么,沉默许久后,田地说:"你知道吗,我们的MSN聊天记录超过10000页,里面光我一个人说的话就有8000多页,呵呵。"

我的第一反应就是这些字加起来能写出很多篇小说。他早已习惯我一如既往的沉默。

"也许你的话都写在小说里了。"

"我看过你写的每一篇小说,你的故事总是让人多少感觉到绝望。"

"我明天就要离开X城了。"

说到第四句话时我转过头看向田地的脸。他的嘴里吐出一团团白气,在空中逐渐散尽。他停下脚步站在我面前,看着我冻得通红的脸,然后从脖子上取下围巾递给我说:"你总是不知道好好地照顾自己。"

我假装不经意地东张西望,然后加快步伐走在田地的前面,眼泪却止不住地流。

田地最后说:"所以今天我是来与你告别的。"

十二

田地在第二天早上离开了X城。我与他就像两辆背道而驰的火车,沿着铁轨离彼此愈来愈远。我知道我们在彼此的痛苦之中抽离出来的更多的是曾经的美好。

我突然想起妈妈起初对我说过的那句话:"如果能碰到一个像爸爸这样的男人一定要抓紧他的手,除了田木桥的儿子。"在以后的日子里我一直记住了这一句话。

当一辆火车从我的窗前呼啸而过时,我打开电脑,登录MSN,然后看见早上6点30分42秒田地更新的签名——我多么想开着火车载着你通达一个又一个美丽的城市。

麦芽糖少年

　　鲁苏苏想何许久应该依然保持着当年英俊的面孔。他的微笑就像盛夏的微风温柔地抚过芦苇湖，以至于多年后的鲁苏苏也忘不了那份恬静的温柔。

　　鲁苏苏只有在想起何许久时才会觉得自己是一个情窦初开的少女。所以鲁苏苏最终还是将第三任男朋友S给甩了，称呼他为S，是因为在接下来的故事里他并不是男主角，于是随便找了个字母替代他。事实上他俩是和平分手，所谓的好聚好散，他们能清楚地认识到无休止的争吵对于大家来说只是在浪费彼此的时间。分手后，罗婉怡让鲁苏苏第一时间昭告朋友圈是自己主动甩了Ｓ的，那样才显得有面儿，更加符合鲁苏苏的女神气质。

接下来所有人都知道鲁苏苏是为了寻找初恋才放弃了高富帅Ｓ的。

鲁苏苏将何许久这个名字说出来时，没有一个人认识他。他被鲁苏苏形容得就像是电影里的男主角。用罗婉怡的话讲，人间不会有这样的一个"极品男"存在。当然，这里的"极品"是褒义词。

很早前鲁苏苏跟罗婉怡说过何许久救过自己，那年上演的也并不是一场英雄救美，因为那个时候的鲁苏苏很丑，丑得简直不会有人认为鲁苏苏是一个女生，更不会有人想到今天的鲁苏苏居然还成为了屌丝男心目中的女神。那是一次偶然的微博事件，鲁苏苏将一组用自拍神器拍出来的清纯照片经过处理后发到了微博上，一夜之间粉丝瞬间暴涨到10万，还被三流媒体报道为"一夜成名的国民女神"。就这样鲁苏苏一不小心就成女神了。

在此之前，鲁苏苏只是一个普通的姑娘，长得还算美丽，但心知肚明自己离女神级别还有相当一段距离，鲁苏苏拒绝了所有记者的采访，害怕他们揭穿自己用自拍神器的谎言。对于鲁苏苏来说，现在的样子是小时候的自己所不敢奢望的。小时候的鲁苏苏不但很丑还很孤僻。她喜欢在放学的路上边走路边踢小路上的石子，他们都认为鲁苏苏很不合群。事实上是他们孤立了鲁苏苏。"他们"是指四年级二班以汤嘉遇为首的一群"败类"。鲁苏苏不想过多地描述这群败类，任何形容词用在他们身上都显得没有力度。关于他们的一切记忆至今都令鲁苏苏感到无比惶恐。

后来有一段时间鲁苏苏与小伙伴们熟悉了,留着小寸头混迹在男生堆里,与他们摔跤,打弹珠,拍画片,偷邻居院子里的柑橘。鲁苏苏童年的一大半记忆是发生在X城三元里。那里有她所牵挂的人,还有她一直想再爬一次的石墙。石墙上面还有她当年留下的脚印。那时在水泥还没有完全干的情况下,鲁苏苏与小伙伴留下了无数个小脚印,就像是他们的青春留下来的痕迹。

鲁苏苏记得当年只有何许久留下的是一个手掌印。他当时以霹雳手的姿态一掌切在石墙上,留下一道深深的手掌印,很长一段时间他都在恬不知耻地感慨自己的内功有多么的深厚,竟然可以一掌劈开一道墙。

可是鲁苏苏并不在乎何许久有多么的自恋,更重要的是,他是个英俊的少年。鲁苏苏可以经常看见他穿着一件黑色的纯棉T恤与至今她都猜不出来是什么面料的短裤在三元里的街头晃荡。偶尔在刮来一阵北风后,会从他的身体上随之飘来一丝植物的清香。

何许久拿出五张一毛的票子从外公那里买来一小袋麦芽糖后,转过身就将它们一下子全拍进嘴里。后来外公不在的时候,鲁苏苏偷偷地尝试过这种吃法,一直甜到腻。自此后,麦芽糖对于她的意义不再是馋嘴时的零食。它很甜,是甜在心里的那种。对,就像是初恋。

鲁苏苏记得在一阵北风后紧接着的一场暴雨之中,当何许久出店门不到10米时,豆大的雨点就迅速地砸在干燥的地面上,很密集地落在三元里的每一个角落。

何许久很自然地又跑回到了鲁苏苏的身边,这时,鲁苏苏坐在柜台前看着浑身湿透的他站在屋檐下给了她一个很英俊的侧面,是那么的神圣和庄严。

鲁苏苏起身跑进里屋翻箱倒柜,最终在床底下取出一把黑色的大雨伞递到何许久的手中。这期间他们一句话也没有说,鲁苏苏称之为默契。一眨眼,何许久就像北风一样瞬间消失在三元里的街头。那便是何许久在鲁苏苏印象中的最后一个画面。至今想起来,鲁苏苏都不自觉地脸红心跳。

8年后,鲁苏苏来到三元里,整整一个上午她问了不下10个人"有见过何许久吗?"似乎他们都不知道何许久是一个人还是一只宠物。总之他们都会连连摇头,或不停地摆手,或同时进行这两个动作。

鲁苏苏有想过发一条微博动用网络的力量将何许久找到,但她的描述不足以让10万个粉丝明白何许久究竟长什么样。因为鲁苏苏也并不清楚20岁的何许久现在的模样。

罗婉怡打趣地对鲁苏苏说就算知道何许久的模样,你发一条微博也未必能很快地找到他,你得算算这条微博能不能起到作用。那10万粉丝至少有5万是僵尸粉吧?今天能瞅到你这条微博的再要减去一半吧?表示能够转发的粉丝也要再减去一半吧?接下来再从那少得可怜的人之中找到认识何许久的人就更加难上加难,再说粉丝一听到女神在找初恋男友,立马就掉粉,得不偿失。在听完罗婉怡的分析后,鲁苏苏竟然无言以对,于是就彻底地放弃了发微博寻找何许久的想法。

鲁苏苏想何许久应该依然保持着当年英俊的面孔。他的微笑就像盛夏的微风温柔地抚过芦苇湖，以至于多年后的鲁苏苏也忘不了那份恬静的温柔。若是非得用一种味道来形容何许久，那么，这种味道一定是麦芽糖。似乎鲁苏苏一直到现在才明白自己是喜欢何许久的，将他藏在心里默默念了8年。最终鲁苏苏在五合巷里找到了汤嘉遇。在得知面前的美女是鲁苏苏时，汤嘉遇将嘴张得老大老大，大得就像韩剧里女主角那种惊讶夸张的表情，像是脱了臼再也合不拢似的。他像是要对鲁苏苏说些什么，却一个字也说不出来。鲁苏苏知道他想说的一定是"你怎么会变得如此漂亮"之类的话。可最后他只说了句："鲁苏苏你一定是在模仿那个最近很火的国民女神，你眼睛再大点，下巴再尖点，皮肤再好点就更像了。"他似乎全然忘记招呼鲁苏苏坐下再聊，倒是汤妈妈忙着让姑娘们到屋里坐。汤嘉遇告诉鲁苏苏当年在她离开三元里后，何许久就随着他爸爸搬去了省会W城，与他保持联系的同学也没有几个。但汤嘉遇就是那几个为数不多至今仍与他保持联系的同学之一，联系方式仅仅限于微信。而何许久从来都不更新朋友圈，甚至有时候汤嘉遇也怀疑过他是不是已经把自己从微信里删除了。

在大家的记忆里何许久是个孤僻的孩子。他只有同学，没有朋友。但鲁苏苏相信何许久绝对是因为"帅得没朋友"。

此行之后，鲁苏苏终于做出一个决定——独自去寻找何许久。

汤嘉遇说W城有个岛，坐上758公交车就能上岛，这个岛还有个很霸气的名字，叫做藏龙岛。岛上的风景很漂亮，也有很多便宜的美食，当然鲁苏苏觉得藏龙岛上最主要的是有何许久在。

可是鲁苏苏去藏龙岛的时候何许久并不在。他去安徽写生至今未归。鲁苏苏打电话叫罗婉怡来藏龙岛陪自己,等到罗婉怡到来时已是晚上8点。她俩找到一家饭店要了一瓶劲酒,吃了个鸡肉煲后,在H美院旁边找了个小旅馆住了一宿。

何许久据说要半个月后才回来,那是段莉莉告诉鲁苏苏的,她比谁都清楚何许久,她噼里啪啦地说了一堆关于何许久的事情。因为段莉莉是何许久的现任女朋友。看得出来她是一个热情的姑娘。但是她长得真的很一般,鲁苏苏并不想用任何词语来美化自己的情敌。在段莉莉告诉鲁苏苏自己就是何许久的女朋友时,鲁苏苏唯一感慨的就是他们两个人完全不配。段莉莉不配何许久。罗婉怡对鲁苏苏说,你搞得就像见过现在的何许久似的,说不准还是一朵鲜花插在牛粪上呢。

谁的身边没有一个损友,但鲁苏苏知道罗婉怡绝对是第一个站出来挺自己的人。

何许久一定是个美少年。鲁苏苏坚信不疑。

那个时候鲁苏苏在H美院像排查地雷般的搜寻何许久,正巧就碰到了在操场上画速写的段莉莉。鲁苏苏告诉她自己是何许久的小学同学。她像是对中学之前的何许久一无所知,鲁苏苏只告诉了段莉莉何许久与麦芽糖的故事。当然,那个故事里没有提到鲁苏苏自己。

第二天,鲁苏苏就和罗婉怡乘758公交打算离开藏龙岛,她俩上到公交车的二层找到最前排坐下,鲁苏苏说:"罗婉怡,你说何许久他是不是也坐过我现在所坐的位子?"

"真傻。"罗婉怡说出这两个字后就再也没有说话，低着头玩手机。她也一时不知道怎么安慰鲁苏苏了，她见不得鲁苏苏总是说这些矫情的话，她也知道为什么鲁苏苏会坐在最前排背对着所有人。因为鲁苏苏接下来就像刚刚失恋般的再也无法控制住自己的情绪一样号啕大哭。原因是何许久有女朋友了，即便是意料之中。

也许这听起来有些夸张，仅仅是因为鲁苏苏发现自己已经彻底地失去了何许久。他不知道鲁苏苏从小学四年级就开始暗恋他。鲁苏苏曾说过何许久还救过自己。

那是 10 岁那年鲁苏苏回到 X 城上小学四年级的时候，当时鲁苏苏的皮肤可以用黝黑来形容，她一进教室就被汤嘉遇说成乡里娃，还到处说鲁苏苏叫了一个特女性化的名字。就连班主任石老头儿也这么觉得。有一次课间操后鲁苏苏被几个男同学围堵在墙角要她证明自己是女生，汤嘉遇与三四个男生就在鲁苏苏还没做出任何解释时强行扯掉了她的花裤子。鲁苏苏蹲在地上不敢起来，眼睛死死地瞪着他们，被羞辱的眼泪模糊了视线，愤怒的鲁苏苏再也看不清有多少人在围观自己。她就像是一个小丑惹得大家指指点点。

何许久就是在那个时候拨开人群将鲁苏苏扶起来，轰走围观的同学，并且将整件事情的来龙去脉讲给石老头儿听。鲁苏苏觉得当时的何许久就是自己的英雄。她记得何许久当时对自己说："鲁苏苏，你莫怕他们，我去告诉石老头儿。"后来，何许久也理所当然地被汤嘉遇他们孤立了，之后他们还散播谣言，说鲁苏苏是何许久的小媳妇。鲁苏苏之所以再次转校大概就是因为这个事件，鲁苏苏的外婆拉着她的手来到汤嘉遇家里大吵大闹说鲁苏苏一黄花闺女以后得怎么见人。

事实上在碰到段莉莉时她正好接到了何许久打来的电话，段莉莉便告诉何许久有个叫鲁苏苏的姑娘现在正在学校找他。然后段莉莉回过头告诉鲁苏苏，何许久好像并不记得自己有一个叫鲁苏苏的同学。

鲁苏苏当时只是觉得很尴尬。那么久远的事，何许久忘记自己也是很正常的事情，更何况是一个当时并不起眼的假小子。是的，鲁苏苏终于是在公交车上爆发了，哭得撕心裂肺。何许久怎么可以不记得自己？可是鲁苏苏除了他，似乎什么也不想记得。

回到家后，鲁苏苏翻箱倒柜找到一幅画。画纸很薄，那原本是一张用来画国画的宣纸，小学时美术课上很多同学都会将宣纸盖在原画上，然后照着勾线。而何许久从来都不那样做，他也不会按照老师的要求画花鸟鱼虫。他画的是一个天仙般的姑娘，鲁苏苏觉得他画得很好看，又不好意思找他要。就在放学后将它偷偷地带回家了，一直藏在箱子底下，时常会拿出来看，就算现在看来，那幅画也异常的美丽。

鲁苏苏总在想象着与何许久再次相见的情景，她应该会紧张得不敢看他英俊的脸。鲁苏苏躺在床上翻来覆去，害臊地假想何许久已经躺在自己身边。她一定要把这迟到8年的爱统统用在他身上，比爱自己的父母还要更爱他。

正当鲁苏苏意淫得无法自拔时，电话突然响了，来电显示是一个陌生号码。电话另一头的男生有着温和的声音，就像午夜电台男主播般磁性的声音。鲁苏苏大概猜到了他是谁。她紧张得说不出话来，于是忙着挂断电话改为短信。

"何许久吗？"

"是的，我刚写生回来，你还在W城吗？"

"我们见面吧。"

"好。"

鲁苏苏激动得手舞足蹈。见面前她一定要把自己精心地打扮一番，可是一打开衣柜没有一件衣服可以与自己现在的心情所匹配。于是鲁苏苏打电话将罗婉怡拖出来帮自己参考造型。她心想晚上的出场一定要惊艳到何许久。那样或许才可以把何许久从段莉莉那里抢回来。鲁苏苏觉得女人在爱情面前的嫉妒心真是可怕。她原本是最痛恨小三的，现在她将自己定位在何许久的"青梅竹马"这个称呼上或许会心安理得一点。即便再怎么的不知廉耻，鲁苏苏也愿意为了自己今后的幸福争取把何许久抢回来。

纠结半天后鲁苏苏觉得应该把自己打扮得像一个文艺女青年，那样才与何许久比较搭调。但一阵折腾下来后对着镜子再怎么看也就一淘宝风，她想，绝对不能跟段莉莉一个风格。3个小时后鲁苏苏依旧坐在衣服堆里挠着后脑勺苦恼不堪。罗婉怡再也看不下去了，她朝鲁苏苏嚷道："不就是见一男的吗？把自己搞成这样累不累，平时怎么穿就怎么穿，这是个拼脸拼身材的年代，就凭这两点你就完胜那个段莉莉，甩她整整一个W城。"

虽说现在这个年代发在微博上的相片基本靠P，但是在段莉莉面前鲁苏苏还是很有自信的。罗婉怡更加给了鲁苏苏十足的信心，她将鲁苏苏送上车时，拍拍鲁苏苏的肩膀煞有介事地说："我就不陪你去了,也就只能帮你到这里,接下来的路靠你自己了。"说完她就给男票打了个电话急忙赶去赴约。

鲁苏苏在车上将自己与何许久见面的情景想了不下三个版本。但结果往往就两个版本,不是喜剧就是悲剧。还有一个中和点的版本就是他俩见面后,何许久依旧看不上鲁苏苏,最后婉言拒绝才以"今后我们还是朋友"这句话来无情地结束这场约会。

但是结果往往都是出乎意料的。是鲁苏苏从来都没想过的版本。

晚上7点,鲁苏苏和何许久约在H美院附近的一家咖啡馆见面。鲁苏苏提前10分钟到咖啡馆选了一个相对安静的地方坐下后,发短信给何许久告诉他座位号。

接下来的一分一秒都在忐忑不安中度过。鲁苏苏一直在安慰自己,她可是其他男生眼中的女神,现在怎么可以紧张成这个样子,手心冒汗,心跳加快,呼吸急促。为了缓解情绪,鲁苏苏起身去洗手间用凉水冲了一下脸。等回到座位上时,她以为自己走错地方了,眼见一个身形臃肿、长发披肩的"女人"坐在自己的位置上。鲁苏苏走到他的对面正准备开口说话时就看见了他的脸。没错,是"他",不是"她"。这是一位男士。他有着很多文艺界的长发和分布在下巴底下的一小撮胡须。鲁苏苏说:"先生这地方有人。"他笑着说:"是鲁苏苏吧?"这个时候鲁苏苏都没有在心底接受此刻坐在面前的这个男人就是自己日夜难眠朝思暮想的何许久。那个英俊的麦芽糖少年去哪儿了?很明显,青年时期的何许久并不是鲁苏苏喜欢的款。鲁苏苏突然觉得段莉莉与他还是比较般配的,鲁苏苏甚至想过拎着包落荒而逃,就像是见了一个不堪入目的男网友一般。但是,这个男人再怎么不好看也是曾经解救过自己的何许久。虽然此刻麦芽糖的味道在鲁苏苏的心目中不再代表甜蜜的爱情,但它至少曾经给了自己太多美好的回忆。

这一切都被毁了。鲁苏苏告诉自己不可以这么现实,于是在接下来的聊天中她便轻松了许多,就像多年没见的老朋友,没说到几句就可以开始肆无忌惮地开玩笑,总之时间很快就过去了。他俩从小学聊到彼此的大学生活,足足聊了两个小时。要不是有着共同的回忆,鲁苏苏也不敢相信面前坐着的这个丑陋的男人就是何许久,也许真像他所说的成年后相貌发生了基因突变。

鲁苏苏多么希望自己从没见过现在的何许久。在回家的公交车上,她开始害怕再一次见到何许久。离别时,何许久主动留下了自己的微信号,鲁苏苏强装镇定,加上微信时,看到的图像并不是刚才何许久登录的那一个。事实上他们在谈话间,鲁苏苏留意到何许久时而低头将目光转移到手机上,他正在不停地搜索附近的异性。而他本身的图像是一个性感男人的下体,黑色的内裤包裹着硕大的男性生殖器。

鲁苏苏比谁都明白那个何许久已不再,人长大后终究会改变。但不管时光如何流逝,她会永远记住那个年少时,时常穿梭在三元里的麦芽糖少年。

PART THREE

就算不再相爱了

最后的孤单转身

人生若只如初见

马戏团里的小丑

　　木梳记

就算不再相爱了

……他便对着手机里她的相片日日夜夜地思念，盼得有一天他与她再次不期而遇时可以停住脚步，用几秒微笑着问候彼此一声，"你过得怎么样？"即便再无任何意义，也好过老死不相往来。

邂逅是美丽的，他们不需要预约时间，不需要之前熟络。就那么一次正巧相遇，从此便联系在一起，哪怕之后分离，也存在着记忆。尔后，她会像现在一样，坐在草坪中央，突然想起他。

起初，她像所有喜欢他的文字的姑娘一样默默关注着他在网络上的动态,她在他失去一段感情时的那天凌晨陪他聊天一直到天亮,然后彼此道声晚安。在接下来的日子里,她总是恰到好处地出现在他的生活里。他们聊文学、音乐、电影。在他面前,她屏蔽了一切关于爱情的字眼。即便她喜欢他,今生也不打算表白。大概他是不会喜欢上自己的,她时常这么想。

他消失的时候,她也没再找过他。这几年来,他未曾出现过,就连微博也停止了更新,上面依旧是那一句话:"我只是在等那个花开的季节与你在路上相遇,从此成为熟悉的人,永远不再陌生。"

她以为终究还是失去了他,就连道声晚安的机会也再没有了。

直到 2011 年的 8 月,他突然出现时对她说的第一句话是:"我们见面吧。"她欣喜若狂。那年盛夏,她觉得穿过弄堂的风格外温柔。

她坐高铁从上海赶往武汉,5 个半小时的车程令她觉得时间漫长得像经历了一个世纪。

她期待着与他见面,猜测他有着怎样英俊的面容。总之,她爱上了这个有才华的男孩,所以才这么义无反顾地买好火车票,奔向他所在的城。

就像是命中注定,他与她一见倾心,随后他带着她离开武汉,去往南方的一个小城。

他记得那个阳光明媚的盛夏,他与她穿着白色情侣 T 恤,手牵手穿梭在小城的大街小巷。他们来到公园里,坐在绿色的草坪上,他伸出左手,她伸出右手,对着阳光共同拼成一个心形的手势,并发誓一辈子都不会分离。

她以为真的会是一辈子。在他那个姑娘没有出现之前，这一切都是美好的。姑娘抛弃了他后又根据一条微博重新寻找到这里。

她知道现在他与她所住的房子是他曾经与那个姑娘所住过的地方。他仍然爱着那个姑娘。最终她断掉所有联系方式，沉默地选择了离开。

2012年7月凌晨1点，他更新了一条微博："对不起。"

那年盛夏，很少见到阳光，他开始怀念与她在一起拥有阳光的每一个午后。这个小城开始变得潮湿，长期在阴雨天里生活，心底也会不知不觉长满苔藓。在这个多雨的季节总是会吹起凉风，那时他便想起无数个傍晚他与她肩并肩行走在大街小巷，有时候他会停下脚步，看着她瘦小的背影，想着要一辈子这么怜惜她，用爱温暖她的余生。而这个夏天，她却不在了。他便对着手机里她的相片日日夜夜地思念，盼得有一天他与她再次不期而遇时可以停住脚步，用几秒微笑着问候彼此一声，"你过得怎么样？"即便再无任何意义，也好过生死不相往来。

最后的孤单转身

从此,你从我的生活中消失了,在我的记忆中,只留下那些长长短短的句子,我把它们串联成我们的故事。

不应该在寒冷刺骨的冬天将记忆拉伸到时光的对岸,即便模糊,也能用指尖触及到空中你若隐若现的轮廓。

我走在街上,看见广告牌上那个与你有着相似发型的女模特时,便定住脚步抬头多看了她一眼。你曾责怪我总是喜欢偷看街上美丽的姑娘,其实那只是因为她们在某一个细节与你有着相似之处。你挽着我的手，欢蹦乱跳地摇着头，嘴里不停地说着："不相信，不相信。"

而你相信的只是我从来没有对你说过："我喜欢你。"

我曾试图用短信对你说那四个字，你又说你不喜欢这样煽情的对白。我是个木讷的人，不善言辞，你还说你喜欢我就是因为我不会与你吵架。无论发生什么事都只会沉默。去年冬天，我约你在紫禁城见面，那是那年北京下的第一场大雪。你穿着紫色的羽绒服站在我面前，只露出一双明亮的双眼，头上包裹着他送给你的围巾。

你说过不喜欢在春天来这里，所以我选择皑皑白雪的冬天。你不喜欢看见盘旋在紫禁城上空的乌鸦，因为那个春天，你和你的他分手了。

我接到你的电话后从四环打车赶过来。你没有哭，你比我想象中还要坚强。你指着精致雕花的木窗对我说，你对那些古朴的图案有着特别的情愫，一直认为自己的前世一定是一个貌美的宫女，只是为了爱情，在这里灰飞烟灭，要不然，怎么会在这里失恋呢？

你问我，相信前世今生吗？

瞬间我将你的头埋入我的胸膛。我说，你必须在这里看到另一种景象的紫禁城。比如，这个冬天。

于是，你忘记了那段刻骨铭心的感情。你告诉我，冬天的紫禁城更加美丽，我们一直在里面追逐，打雪仗，忘却时间在悄然流失，一直到下午5点，我们被工作人员催着离开。你舍不得我们俩亲手堆起的雪人，恋恋不舍地走出大门。顷刻间，那座城，变得像历史剧中的那么宁静，不停地切换着静态的画面，唯一在动的是天空中飘扬的雪花。

你将手递给我,我隔着手套紧紧地握住你的手。

一个月后,我为了工作去了南方,你说,距离不是问题,倘若想你,就发一条短信给你。

此时,彼时,那段由北至南的岁月将我磨练得可以忘记所有,但,不包括你。我们依旧每天在夜里发短信。在要睡觉之前跟彼此说一声"晚安"。你简短的两个字可以让我一整晚都睡得很踏实。有时候你的短信只要回复得稍微晚一些,我都开始怀疑自己的手机是不是出了问题,还是你的手机没电了,这一切令我焦虑不安。

你说我走了后再也没有人有耐心陪你去逛精品店。我当时隔着玻璃橱窗催促你快些,都差不多半个小时了。你嘟着小嘴,继续挑选那些小玩意儿。因为你调皮,我用风衣挡住路人的视线,你乐呵呵地朝我嘴上抹唇膏。

终于抵不住对你日日夜夜的思念。在你生日那天,当我手捧鲜花站在你面前时,你有些不知所措,我以为你会上前给我一个大大的拥抱。可我看到了在你背后唱生日歌的那个男生,那个你原来的他。

我转身离去,没有听你过多的解释,买了当晚的火车票,一个人落魄地钻进了车厢,只想尽早地离开这个城市。我从来没有那么的悲痛过,看着车窗外漆黑的夜,满脑子全是我与你曾经的美好。我的手机上显示着 11 个未接来电。其中有 10 个是你打来的。

在那段时间我的精神变得恍惚，可我在心底依旧将你藏匿。我慢慢将手贴紧自己的胸膛，那个偏左的位置，它持续的生命力似乎在慢慢减弱，我想直到衰竭的那一刻，我仍会思念着你。

我开始生活在一个小小的圈子里，不曾让人听到自己的呼吸，不理会任何一个从我身边经过的人。我每天毫无规律地从睡梦中醒来，起身，下床，踏着人字拖鞋迷失一般地在屋子里走来走去。从此，你从我的生活中消失了，在我的记忆中，只留下那些长长短短的句子，我把它们串联成我们的故事。

刘若英曾唱过，有些人一旦错过就不再。这是你一直喜欢唱的歌，你说我们会不会就是歌里的男女主角？

一年后的今天，当再一次见到你时，你告诉我你始终单身，是我当初没有给你任何解释的机会，原来并不是你消失了，而是我。

我知道我们在不断地成长，就意味着会淡忘过往。在我不信任你后，注定要承担自己的那一份责任。然而再次相见，你只是将嘴角的弧度上扬，用同样的方式过着属于自己的生活。我亦明白你的生活中不再会有我。

你，他，还有我。我们依然孤单，但是再也回不到过去。

人生若只如初见

时间仿佛在那一刻暂停,好似一直在她身边,就像当年写在青石墙上的名字。稚气的笔触。"南哲",那是当年希恩在小镇的一所小学里偷学到的两个汉字。

永远的深冬,永远的苍白,永远的细节,永远的记忆在时光的长河里悄无声息地流淌着……

似乎是1940年的深冬,父亲拉着希恩的小手走过小镇的青石板路。干枯的树枝光秃秃地随风在她眼前晃来晃去,小镇的上空弥漫着淡淡的烟霭。旷野中苍茫一片。这大片大片的苍白像是永远地取代了它以往所有的色。有一种不真实的感觉。

希恩不停地吐着白气，呼吸着冰凉的空气，转动着脑袋看着眼前这陌生的一切，像是来到了另一个世界。这是她从来都没有过的感觉。

希恩就是在那个冬夜里流着泪，右手紧紧地抓住父亲的衣角不愿放手，在她的手坠落的那一瞬间，仿佛听见冰凉的空气中发出沉钝的声响。然后那个有着宽大背影的男人从此消失在黑暗中。

泪水打湿了希恩长长的睫毛，视线变得有些模糊。她坐在石板上怔怔地看着墨蓝色的天空。父亲真的会驾着战机出现在天边吗？

"父亲说过，下第二场雪时他会再来。"一个穿着薄棉袄、耳朵冻得通红的小男孩有些兴奋地对希恩说。

他是她生命中第一个男孩，他叫南哲。

"我父亲说的。下第二场雪时他会再回来，和你父亲一起回来。"南哲又补充了一句。

"那么，后天会下第二场雪吗？"

"应该是明年吧，那时才会下第二场雪。"南哲抿了抿嘴，同样一脸期待的样子。

在乡下的第一个晚上，希恩和南哲坐在石桥上看着周围寂静的一切。他们可以感觉到脚底下脉脉的流水。

"你以后会一直住我家，对吧，直到你父亲回来？"

希恩低着头又开始想念父亲。

"你放心吧，我母亲是一个善良的女人，似乎只对我父亲一个人不好。"南哲微笑着将石子投入水中，溅起一朵水花。

天空中渐渐地飘起雪。希恩张大圆圆的小嘴，用手托住雪花兴奋不已，仿佛一下子轻松了许多。

"你叫什么名字呢？"南哲侧过头看着眼前这个可爱的女孩。

"希恩。你呢？"

于是在飘着大雪的那个冬夜的石桥上他告诉了她自己的名字。

"南哲。"

雪越下越大。

这一场大雪希恩永远也不会忘记。早上醒来时她第一次看到鹅毛般大的雪花把整个小镇在一瞬间变白。有一种铺天盖地的感觉。

那个冬天似乎不再寒冷，希恩很快就忘记了以往所有的颜色。开始喜欢上这单调的苍白。

"南哲，南哲。"希恩惊喜地发现了林间乱窜的麻雀。

南哲握好弹弓正对准麻雀，他想把树上的麻雀送给希恩。

"南哲，你以后不要再伤害它们了，我还是喜欢看它们在天空中飞翔。"

南哲微微笑着点了点头。

南哲永远喜欢看着苍穹中的那一抹淡蓝色。他记得第一次见到希恩时她头顶上淡蓝色的蝴蝶结很漂亮，还有她泛着红晕的小脸蛋，大眼睛一眨一眨地。

而在希恩相信一个人最美的地方就是这个人的双眸时，那么，她认为南哲的双眸是那种无与伦比的清澈。在南哲的眼睛里她可以看到一种彻底的单纯与执拗。特别是在南哲看向远方的那一刻。

"南哲，你有梦想吗？"

"嗯，我要像我们的父亲一样驾着战机轰鬼子！"

希恩挂着一丝淡淡的笑容看着南哲那双明亮的双眼。

南哲的脸上永远是顽皮的笑容。即使在被他母亲用树条抽打后，他仍会在希恩面前保持着那一贯的笑容。他曾经告诉过希恩，男孩子是不可以流泪的。

南哲像哥哥一样陪在希恩身旁，两只手牵在一起，一只温暖着另一只。

希恩记起父亲的手是么的温暖，那还是在父亲离开后一段时间才发现的。

希恩偶尔会记起那一个有着宽大背影的男人倏然间消失在黑夜之中，如此的突兀。

在那个不平凡的年代，希恩看到的这个世界却是美好的，她可以忘记一切，安静地活在南哲的世界里。

南哲最后一次被母亲用树条抽打是因为和希恩到后山上玩耍到很晚才回家。南哲咬着牙，面部抽搐着忍受着疼痛。他手臂上一道道伤痕永远刻着那个不寻常的纯真年代的记忆。然而母亲在痛打南哲后，紧抱着他失声痛哭起来。也许是孩子无法体会失去父亲应有的那种刻骨铭心的痛苦，也许是此刻的麻木。

希恩再一次回忆起消失在黑夜里的那个有着宽大背影的男人。第二年冬天父亲并没有回来。而现在父亲也不会再回来。永远也不会回来了。

南哲的母亲从此患上重病，不久也离开了人世。那天屋子里来了几个粗壮的男人把母亲的尸体用破草席卷好抬到了后山。南哲没有了眼泪，或许他从来都不会流下眼泪，特别是在女人面前。他看着母亲。那个他认为世界上最善良的女人。

希恩也想起了自己的母亲，那个在她很小时就离开她与父亲的女人。那个美丽的女人在做好一桌好吃的饭菜后就独自离开了这个家。或许她真的早就死掉了。就像父亲当年说的那样。

希恩害怕地拉着南哲的手怔怔地看着墨蓝色的天空，远处的天边，那个永远也无法触及的边缘。

南哲的母亲唯一留下的是那间狭窄的小阁楼，墙上除了一张很破旧的相片，什么也没有。那是南哲的父亲，戴着军帽，表情岸然。

希恩看着眼前的南哲，这个唯一能让她依靠的男人，看上去却有些弱不禁风。她可以紧紧地把他抓住，只要不松开手彼此都可以在一起。

3月。小镇铺满了绿色还有粉红色，在寂静的旷野中散发出馥郁的清香。

希恩想起那个灰青色的深秋。南哲赤着脚爬上树为她摘柿子。在树枝划破南哲的脚趾时，他还装作一副很轻松的样子，直到鲜血止不住地流。他坐下来不停地用清水冲洗，再冲洗。希恩不知所措，哭泣着问南哲："一定很痛吧？"

南哲一脸的邪笑，拼命地摇着头，"不痛，一点也不痛。"

血就像希恩的眼泪一样止不住。希恩用干瘦的手指紧紧地捏住南哲脚上的伤口。

柔和的季节随时都散发着一种难以抵制的忧伤。蓝色的天空，青色的石墙，紫红的夕阳。

希恩扎起干枯分叉的长发，头顶上依旧卡着淡蓝色的蝴蝶结，脸上没有当年的血色，是一种长期营养不良的蜡黄。

她站在荒野中看向远处湛蓝的天空，空旷得迷失自我，仿佛一切都沉淀已久却透过的是蒙胧的浑浊。

垂柳、石桥、流水、阁楼，安静地拂着、躺着、泄着、立着。一切都是那么的平静，平静得像一切都不复存在，而生活就这样悄无声息地进行着。

南哲抓了两条大鱼拿到集市上，回来时手里拿着一串冰糖葫芦。南哲欣喜地看着希恩说："快吃呀！"

希恩尝了一颗后微笑着"咚咚"地踏在木地板上跑进房间，将那串冰糖葫芦藏到她床头的木箱里。她说，现在还不想吃。那串冰糖葫芦一直搁在那里，只是舍不得吃。仅此而已。

南哲不再那么的弱不禁风，他已长成一个还算健壮的小伙子且有着结实而黝黑的手臂。那个懵懂的小男孩过早地成熟起来，就像这座小镇一样不停地变转着颜色。从苍白到翠绿，再从翠绿到苍白。

希恩看着南哲的脸，眼睛依然是那么明亮。她被这种微妙的眼神深深吸引。她知道她为什么不会叫南哲哥，而是叫他南哲。

希恩在平静中感受到前所未有的幸福，就像大片大片的淡蓝笼罩着苍穹一样。

南哲从集市捧回一双绣花鞋，却发现希恩躺在木板上，脸热得滚烫，嘴里不停地叫着，"南哲，南哲"。

南哲赤着脚，背着希恩拼命地朝镇子里的一家小诊所跑去。医生给了南哲几颗药丸打发他走了。因为他就没有更多的钱为希恩治病。自己有病时也是硬扛着，就像强忍着眼泪一样。

只要有希恩在，一切都好。南哲时常这样想。

夜里，希恩来到南哲身旁，听着他均匀起伏的呼吸声，悄悄地流下眼泪。她不知道自己能带给南哲什么。窗外黑压压一片，如同她这颗迷惘的心，找不到方向。

枝丫上没有驻足的鸟儿，不再叽叽喳喳。希恩从木窗探出头，看着远处的天空，灰蒙蒙的，有些沉闷。远处突兀的山峰是青色的，那是太阳的归宿，就像南哲是希恩的归宿一样。

"希恩，希恩。"南哲举起手中的雏菊站在石桥上向希恩挥着手。

"希恩，喜欢吗？"

"嗯。"

远处开来一辆小车。镇上的男人、女人、小孩都探着头围观。小孩子用手指着一旁的希恩告诉司机，她就是希恩。

希恩不知道发生了什么事，急忙握住南哲的手，紧紧地握住。

车上下来一个中年女子，盘着发髻。纤细的身躯，一身华丽的旗袍，高贵而典雅。脸上有着浓妆，妩媚妖娆。

女人走近希恩打量着跟前这个黄毛丫头，深深吸了口气，然后问道："你是池希恩？"

希恩点了点头，手握得更紧。

"你父亲是池建平？"

希恩摇着头。希恩早已不记得那个男人的名字,就像现在不记得他的模样一样。

女人看着希恩,点了点头,然后告诉希恩:"我就是你的母亲。"

希恩的印象中母亲也是美丽的,还会在她面前微笑。

女人让希恩回家收拾好东西,他们现在就带她回城里去。

天空下起了雨。

司机强行将希恩拖上车。希恩拉着南哲的手拼命地挣扎着,在那里僵持了一会儿。女人早已进入车内,透过车窗看着眼前这个倔强的女孩。

在希恩松开南哲的手的那一瞬间,她想起了6年前与父亲离别的那一幕。

她流着泪,头发散乱着,手中的雏菊洒落一地,还有那支淡蓝色的蝴蝶结。

雨越下越大。

南哲赤着脚跑在湿淋淋的马路上,拼命地追着前方的车。泥水溅在他的小腿上。车远远地甩掉他,他还一直追赶着,嘴里叫着:"希恩,希恩。"

希恩感觉一切在后退,后退,后退到一个偌大的空洞。

那年希恩12岁。

希恩的面前是一幢豪华的别墅。一个宽大的庭院,里面栽满了各种植物,似乎比整个小镇还多。

希恩站在镜子前披着长发,端庄的衣裳,精心被打扮后有着城里人高贵的气质。她寻找着头顶那个淡蓝色的蝴蝶结,那是陪伴她多年且唯一的发卡,也是父亲在她 5 岁时送给她的唯一的礼物。

希恩来到楼下偌大的客厅,头顶是精致的灯饰,五彩缤纷。眼前是和母亲一起的男人,还有一个与她年龄相仿的男孩。他是她哥哥。他叫乐天。

希恩胆怯地看着母亲,小心地叫他乐天哥。

"母亲,母亲。"

希恩依然是很小的声音。

希恩开始讨厌眼前的这个男孩。她闭上眼睛想感受到南哲的存在。

乐天一脸岸然。他告诉希恩:"你别妄想逃出这个家。"

希恩流着泪,每次试图逃走都被抓了回来。母亲用戒尺在她的背上抽打,她想起了南哲被他母亲用树枝抽打的样子,希恩也努力不让自己哭出来。

希恩咬紧牙,嘴里不停地叫着,"南哲,南哲"。

母亲不再美丽。她有着像脸上一样的浓妆。她只是想掩饰自己。

希恩被关在自己的房间里,她想到那年的麻雀,有着自由的身躯,还有南哲的眼睛。

南哲仍然在跑着,风里雨里,朝向小车开去的方向。

很多天后的一个清晨,希恩又听见南哲在叫自己的名字,也许是自己在做梦,她闭上眼睛流着眼泪。

昨夜已是滂沱大雨。南哲在大铁门外蜷缩着,身着一件湿透了的单薄的黄色粗布麻衣。

南哲醒来时,希恩正努力地擦拭着泪水。

希恩不停地叫着,"南哲,南哲"。

她以为自己还是在梦中,只是不敢叫大声。

那天后母亲收留了南哲。希恩从此变得听话,去学堂念书。每天在南哲干完活后两人一起坐在阳台上看着城市的上空,然后教南哲最简单的汉字。

希恩逢人就说,南哲有多棒,会打猎,捉鱼,还会做好吃的……

乐天不屑地看了一眼南哲。南哲努力地微笑着,然后低下头。希恩拉着南哲的手,在乐天的视线里走开。

南哲有时都会觉得这样的生活仅仅是在一个偌大而封闭的空间里默默地进行着,即使这样南哲也不觉得寂寞,因为有希恩在。她常常这样想。

希恩时常忆起小时候南哲总会坐在屋顶上看着湛蓝色的天空,她知道他在想念父亲。希恩也会光着脚丫像一个野蛮的乡下丫头顺着青砖墙爬到屋顶上,静静地陪着南哲,双手托着下巴,眨着长长的睫毛,看着远处紫蓝色的天空,直到夕阳西下拉开黛紫的天幕。

乐天来到南哲面前叫他松开希恩的手。

乐天在那一刻愤怒地骂南哲只不过是自家的一条狗。

南哲把拳头握得很紧很紧,却始终没有挥动。

那个平静的夜里,南哲看着头顶的天花板发着呆,他感觉到自己和希恩之间那种莫名的距离。希恩不再是那个调皮的黄毛丫头。而在梦刚醒来的时候,他还以为睡在那个颓旧的木屋。睁开眼,他习惯地叫着希恩的名字。

乐天拉着希恩的手,希恩厌恶地甩开那只她认为没有温暖的手。

希恩看着乐天眼睛里闪烁着愤怒的泪光。那个夜晚,希恩独自一人走在狭长的小巷里,暗黄色的灯光,顺着墙边暗影经过的黑狗,忙碌的小摊贩,还有暧昧的情侣。希恩突然想到了肮脏。

6月,火一般的日子。希恩记得在乡下的夏天,可以看着南哲赤裸着上身在河里游泳的样子。希恩害羞地用双手捂着双眼。在食指与中指的缝隙间偷看着眼前这个清瘦而干净的男孩……

城市的上空总是蔚蓝得近似透明,像呼吸氧气一般舒畅。南哲拉着希恩的手,希恩微笑着指着那一片蓝色。

"我喜欢淡蓝色,就像晴朗的天空一样。"希恩说。

"我喜欢天空,就像我们的父亲一样在天空翱翔。"南哲指着天空说。

"……"

"我们的父亲。"

在夕阳下沉时,他们都看到了那泛着橘黄的天边。一种微妙的感觉,像在乡下,他们可以跟着夕阳一起回家。

当所有的过去在这个时刻变得模糊时,南哲会强忍着内心的委屈把一切当做过去。因为有希恩在。

1949年盛夏的一个夜晚,大雨滂沱。

乐天在南哲身上找到了母亲送给他的那块昂贵的玉。

南哲拉着希恩的手告诉她,那不是真的,他从来都没看到过那块玉。

希恩告诉南哲："我相信你。"

希恩满脸是泪，她拉着母亲的手请求让南哲留下。

女人修长的手指夹着一支雪茄。嘴里吐出混浊的白烟，散尽在燥热的空气中。

"希恩，希恩。"

南哲从此被赶了出去。

大雨过后，太阳火辣辣地挂在空中，发出刺眼的强光。

南哲像刚来时那样，穿着一件黄色的粗布麻衣，赤着脚走在灼热的柏油路上。

深夜。

希恩听到有人在叫自己的名字。

她起床，看见窗外石墙外的南哲。她越过石墙，就像当年在乡下爬上青砖墙上到屋顶一样。她知道南哲一定会来。

南哲拉着希恩的手，不停地跑。他们要跑到那个原本属于他们的世界，那个让他们有着无限回忆的世界。

"南哲，南哲。我一直会在你身边。"声音在夜里回荡着。

在黑夜里奔跑，即使不清楚路线，也要一直跑下去。离开这里。

当天微微亮时，希恩在掠过他们身旁的车中看到了乐天，他正用得意的目光注视着他们。希恩的身体仿佛掠过冷冽的寒风。

南哲努力地挣扎着。他咬着发白的嘴唇，想用力甩开那几个粗鲁的男人。

南哲被推倒在地上。希恩被乐天拉到车上。希恩用双手拍打着车窗。

一切像是在无声中进行着……

南哲被那些男人围住了。他的嘴角有殷红的血迹。

南哲蜷缩着，动弹不得。

男人们终于停手了，喘着粗气。

南哲看着希恩，嘴角挂着一丝微笑。微微地闭上眼睛，手里紧紧地攥着那只淡蓝色的蝴蝶结。

那年南哲16岁。

时间仿佛在那一刻暂停，好似一直在她身边，就像当年写在青石墙上的名字。稚气的笔触。"南哲"，那是当年希恩在小镇的一所小学里偷学到的两个汉字。

南哲说过，一定会为希恩放最美的烟火。而很多年后，另一个男人为希恩点燃了烟火，却一点也不美丽。

希恩记忆中最美的烟火不是南哲为她而放，而是陪她在屋顶一起看烟火的那一刻。

只是南哲从此就失去了消息。时间兀自悄无声息地流淌着，从苍白到翠绿再从翠绿到苍白。

1955年的深冬。

希恩拉着一个小女孩的手，走在小镇覆盖着苔藓的青石板路上，看着眼前苍白的一切，仿佛经历了几个轮回。

时光就这么不知不觉地让一切蒙上深沉的灰色，悄无声息地引入一件件有关生命的微小而琐碎的细节，如琥珀般有着冗长而晶莹的美感，同时保存着它永不磨灭却又最真实的质感。

她走到那个破旧不堪的阁楼,青石墙前,眼泪缓缓流下。在"南哲"这两个有着稚气笔触的汉字下是另外两个清晰的汉字——希恩。

石桥上一个有着宽大背影的男人正背对着她。在黄昏时投下巨大而浓密的阴影。

小女孩拉着希恩的衣角叫着:"母亲。"

马戏团里的小丑

唐亦总是能原谅那些曾经伤害过自己的人,他会因为片刻的幸福,忘记数年来的悲伤。

一

夏颜如将脸贴在唐亦的后背上时,她能明显地感觉到他单薄的身躯。

瘦高的唐亦在 15 岁之前就像个精干的小男人。夏颜如喜欢爬上唐亦的背,那样能让她感觉到温暖与踏实,因为她觉得那个悬在半空中每天都要爬上爬下的木梯，在冬天显得异常的冰凉。

夏颜如从11岁那年开始每天所期待的美好时刻，就是在回家的路上用双手搂住唐亦的脖子，然后将脸贴在他的脊背上，睡上一个安稳的觉。夏颜如在马戏团里最好的朋友除了刚出生的那匹小黑马，再就是唐亦。

唐亦是一个不大爱说话的人，但他在舞台上表演时总能逗乐所有的观众。因为他是马戏团里的小丑。

马戏团是镇子里重要的娱乐场所，每天都会接待数百名外地游客。于是夏颜如和唐亦总是不停地练功，不停地表演。时间一晃就过了数年。

就在某个清晨，突然间发生了触目惊心的一幕。

大家在听到一阵尖叫声后，所有的人都停止了手中的活儿。就在一瞬间，仿佛万物都静止了。他们看见正在院子里排练的夏颜如从木梯上摔下来，所幸被眼疾手快的师父接住。唐亦的心都提到嗓子眼儿上了。夏颜如这些年来第一次失足从高空掉下来，她似乎没有受到多大的惊吓，反而异常的镇定，她的眼睛一直盯着远处的围墙。围墙上用白色的石灰粉歪歪斜斜地写着"禁止入内"四个大字。

二

后来的几天里，当夏颜如每每看见"禁止入内"这四个大字时，内心便瘆得慌。

这时年有余坐在院子里，左腿上绑着一层厚厚的石膏。他已经好几天没有走路了。傍晚时他总是听到围墙那边伴随着欢快的音乐声，时而掌声四起，时而笑声连绵。虽然只是隔着一面围墙，但是年有余从来都没有去过马戏团。他每天经过马戏团的大门时便能看到通告栏里张贴出来的最新节目表，然后听镇子里的人议论着刚刚结束的精彩节目。

爸爸从来都不让他去看杂技表演。就在前几天，年有余试图爬上围墙，想看看围墙那边的马戏团到底是什么样子。那些间或传来的杂耍声令他更加好奇。

于是他看见一个小姑娘在不停旋转的长梯上用单只手支撑倒立，看得他触目惊心。那个小姑娘的额头上紧贴着一束微黄的头发，脖子使劲地向上抬。

此时围墙另一端的夏颜如对正在倒立的唐亦说："我那天就是从这个角度看到一个男孩从围墙上摔下去了。"

唐亦没有做声，他想起第一次看见夏颜如是在7年前，当年师父领着一个4岁大的女童来到马戏团，正在练功的唐亦像现在这样倒立，也是从这个角度，他看着从跟前走过的夏颜如，她哭泣着嘴里不停地叫着外公。

唐亦笑着说："你长高了许多，7年前这样倒着看你时，你整个人还能尽收眼底，如今这么近的距离只能看到你的双腿了。"

夏颜如佯装生气地说："你有没有听到我讲话！"

10分钟后，唐亦立起来拍拍双手小声说："你说的那个男孩我认识，不过你最好不要管他是谁。"

三

那个秋天夏颜如时不时便会抬头朝围墙的方向望去，当什么也没发现时，她会感觉到失落。

直到一个月后的某一天，夏颜如一抬头就看见年有余站在围墙上盯着自己练功。师父对夏颜如吼道："专心点，你在看什么？"她憋着通红的脸，依旧转动着脑袋看向围墙那边。

当夏颜如再一次看见这个男孩时，真的就像梦里的片段一样。

在梦里有个男孩同样总是站在远处看着自己。她一直觉得他的面孔像是在哪里见过，那段记忆一直停留在记忆的某一节，抹之不去。

她似乎突然记起来在自己4岁那年，外公带她进入过马戏团隔壁的一间老屋子，当时她站在门前看着一个男孩正用弹弓射榕树上的小鸟。不一会儿的工夫，外公就推门而出，一把拉住夏颜如便朝马戏团走去。

这些往事都很久远，但夏颜如对那个男孩记忆犹新。

"抓住他，抓住他。"

夏颜如还没有缓过神来，就看见唐亦拿着竹篙朝围墙跑去。年有余急忙跳下围墙，心脏几乎快要从嘴里蹦出来。年有余心想：也许就像爸爸所说的那样，隔壁的人最好不要惹。

"反正那个男孩和他的爸爸都不是好人,你最好离他们远一点。"唐亦在夏颜如不停地追问后,丢下这句话就走开了。

那天晚上表演结束后,唐亦没有卸妆,一如既往地背着夏颜如走在街上。就像一个小丑背着一个美丽的公主。夏颜如也只能在这个时候像个公主,有人疼,有人呵护。她记得小时候只要自己哭泣时,一看到小丑就会破涕而笑。

这时夏颜如一想到自己还有个外公就觉得更加幸福。

外公曾对夏颜如说:"唐亦那么瘦,你不要老是让他背你,外公背你多舒服。"因为外公也是心疼唐亦的。夏颜如不知道为什么自己会一直跟外公姓夏,而她打记事起就没有见到过爸爸和妈妈。

夏颜如说:"唐亦,你见过你妈妈吗?"

唐亦迎着风说:"不想见。"

夏颜如没有问出个究竟,总之只要提到唐亦的妈妈他总会摆出一副臭脸。

夜里的风有些凉,夏颜如紧紧地勒住唐亦的脖子,就在她抬头时看见前方有个人影。

仔细端详后才发现站在马路中间的是年有余,他手里握着一个弹弓对准唐亦说:"你不是要打我吗?"唐亦放下夏颜如后,迅速冲上前夺过年有余手中的弹弓,朝着他的眼睛挥了一拳,然后说:"这一拳是为夏颜如打的。"

夏颜如看情况不妙赶紧冲上前将怒火冲天的唐亦拉住大声喊道:"小孩,快跑。"年有余恶狠狠地瞪了一眼夏颜如,总之他是不喜欢看见她与唐亦这么亲密。

那天夜里夏颜如一直想不明白年有余为什么对自己这么不友善，刚才还是自己救了他呢。

当夏颜如不再想这个奇怪的少年时，他又出现在第二天清晨，他身边还站着一个高大而英俊的男人。男人气势汹汹地拉着年有余来到马戏团找到唐亦，二话没说就给了他一巴掌。然后他瞅了一眼站在身旁的夏颜如后就拉着年有余离开了。

四

夏颜如说："你的脸肿了，我帮你用热毛巾敷下。"外公在一旁咒骂那个狠毒的男人不是个东西，连孩子都打。他一提到那个男人便咬牙切齿。

可唐亦谁也不恨，除了一个女人。

在唐亦3岁那年，他的妈妈就跟一个他不认识的男人好上了，直到他7岁时才知道自己多出一个4岁的弟弟。唐亦几乎被所有亲人抛弃，他最终被夏颜如的外公安排进了马戏团，所以外公从此以后就是夏颜如与唐亦共同的亲人。

夏颜如找来红花油帮唐亦搽在脸上受伤的部位，她问："痛吗？"

唐亦摇摇头说："呵呵，鼻子再肿一些就更像小丑了，不用化妆。"可是夏颜如听到这句话时，鼻子酸酸的，他知道唐亦此时有多痛。

她回忆起白天年有余的爸爸看自己的眼神，有种似曾相识的感觉，但记不起在什么时候见过。似乎所有的记忆只是关于马戏团的。

就像她第一次进入马戏团时，初次遇到唐亦。当时唐亦用双眼死死地瞪着她。面对一个4岁小女孩无辜的眼神，有时候她会主动叫他哥哥。他看着面前的小女孩，她比他小整整4岁。

　　唐亦说："颜如，如果这种痛能一直承受在我身上，我愿意分担你的那一份。"夏颜如不明白唐亦在说什么。

五

　　马戏团的喇叭里传来欢快的音乐，演出结束后退场的观众都朝大门拥挤过去，直到最后，台下靠中间位置的木板上坐着一个男孩，夏颜如从老远就认出年有余来。她穿着红色布鞋踩在一张张椅子上朝年有余走去。

　　年有余急忙说："你不要靠近我。"

　　"我又不会揍你。"夏颜如很随意地坐在了年有余身旁。

　　"你不怕你爸爸知道你来马戏团后揍你吗？"

　　一直以来年有余对夏颜如像是有所戒备，可是他又想如此近距离地靠近她。末了，他摇摇头，抓起身旁的弹弓便朝大门跑去。

　　事实上他就是想来看看夏颜如。

　　夏颜如走出马戏团，明晃晃的太阳总是照射不到一个地方，于是夏颜如发现了一个秘密。那个铺满苔藓的青石板下写着四个字：唐亦哥哥。

　　这时唐亦在背后叫夏颜如，他跑过来好奇地问："你在干什么？"

"你真的那么不喜欢年有余吗？"

唐亦避开了这个话题，他说："师父让我们练功呢。"

那天中午，唐亦与夏颜如去市场买布料，经过一个窄巷子时，便看见四个少年将年有余围起来。夏颜如拉拉唐亦的胳膊。就在一瞬间的工夫，唐亦跑到几个少年之间与他们扭打在一起。

唐亦对年有余吼道："你他妈还不快跑！"

一场架打下来，唐亦最终还是受伤了，晚上演出时他想到一个好主意，用油彩遮住脸上的伤，他的眼睛几乎都睁不开，可是他仍旧上台骑在独轮车上抛各种颜色的皮球，引得台下一片欢呼声。

夏颜如一直以来都心疼眼前的这个男孩，她知道他其实有颗伤痕累累的心，只是他用一切伪装的色彩掩饰自己。就像小时候演出失败后他被师父用皮鞭抽打后，他在她的面前从来不会掉下一颗眼泪。

年有余再次出现在唐亦面前时，是表演结束后。他像上次一样站在街上拿着弹弓，挡住了唐亦与夏颜如的去路。可是这次年有余只是将手中的弹弓放在地面上就跑开了。那是年有余送给唐亦的礼物，只是他不知道怎么用言语来表达感谢。弹弓原本是年有余用来保护自己的。

夏颜如说："他可比他爸爸善良多了，懂得知恩图报。"

"如果可以的话，我也愿意承受他的那一份痛。"

夏颜如越来越觉得唐亦说话奇怪了。

唐亦以为自己不会原谅夏颜如，后来他以为自己同样不能原谅年有余，可是现在，他统统原谅了。唯独不能原谅的是自己的妈妈。

六

　　那是一个安静的晌午，整个镇子几乎只能听见知了的鸣叫声，夏颜如正好看见外公进了年有余家的大门。于是，她跟随到门前时便听见外公在屋子里与年有余的爸爸争吵起来。不一会儿听到外公拍桌子的响声，接着他义愤填膺地说："你必须在这几天凑够这些年来对颜如的抚养费，你凭什么只让那个野种去上高中！"

　　这时夏颜如将手扶在门沿上，腿有些发软，突然之间她像是明白了什么。

　　夏颜如在外公出来之前就离开了。

　　15岁的夏颜如已经到了能够承受许多事情的年纪，她假装不知道这一切。在离开马戏团准备去学校时，所有的人都舍不得这个冰雪聪明的姑娘，一一来道别，唯独不见唐亦的人影。

　　在离开的前一天唐亦对夏颜如说，你必须去上学，那样才会有美好的人生。不要像我一样。

　　很多年后，夏颜如才明白外公每次不让唐亦背自己的原因不是因为唐亦瘦弱，而是担心他的身体能否再支撑哪怕一丁点的重量。他已经承受得够多了。

　　如今唐亦长成一个帅气结实且棱角分明的小伙子，他依旧是马戏团里的小丑。

　　夏颜如从来没有与唐亦分开过这么长时间，她甚至日日夜夜都在怀念与唐亦一起练功的日子，她在担心如果唐亦不小心又受伤了，谁会帮他搽药。

于是夏颜如在去学校不到半个月便打电话到马戏团,跟师父寒暄几句后,终于问到唐亦。得知唐亦很好,并且在坚持演出后,她挂断电话长吁一口气。她在想唐亦会不会此时也正在想念自己。

七

那个时候,刚刚经历了一场暴雨,年有余抱着一堆书出现在校园里,他与夏颜如念同一所高中。这时年有余小心翼翼地叫了一声:"姐。"当时校园里异常嘈杂,分明年有余的声音很小,可是夏颜如却听得清清楚楚。

夏颜如将头转过去,她始终没有承认年有余这么一个弟弟。那天外公去年有余家讨要夏颜如的抚养费时,那些话也被正在房间里看书的年有余听在耳里。

原来那个跟唐亦的妈妈好上的男人就是自己的爸爸。只是这些在她还没懂事之前就发生了。

夏颜如看着静静地站立在自己面前的年有余,她的心其实早就像糖一样,一旦遇热,便立刻就软了下来,就在年有余叫她姐的那一刹那。

夏颜如想起唐亦曾说过:"如果可以的话,我也愿意承受年有余的那一份痛。"

唐亦总是能原谅那些曾经伤害过自己的人,他会因为片刻的幸福,忘记数年来的悲伤。或许年有余真的只是个无辜的孩子。

夏颜如的爸爸与唐亦的妈妈并没有正式结婚。在那些责骂声中，他们同样没有逃离到另一个地方重新生活。他们以为事隔多年有些事早已被人们遗忘，谁知这一切都无情地刺痛着三个少年的心。

那天年有余问唐亦："哥，你是不是喜欢颜如姐？如果是因为我的关系，我可以让这一切从没发生过。"

唐亦一直认为即便母亲与那个男人是真心相爱，也不该让年有余出生，他不单只是毁掉了两个家庭。

八

上高中以来夏颜如每个月底都会看见年有余的妈妈为他送来吃的、穿的，以及一些学习用品。她看着远处的那个女人，就是她让自己的妈妈离开了镇子，至今不知去向。每每看到年有余与他妈妈在一起幸福的模样时，夏颜如内心就感觉到一阵锥心的刺痛。倒不是因为想念妈妈，而是打记事起她从来没有感受过这份温情。唐亦更是没有。

年有余拿着一本蓝色封面的笔记本对夏颜如说："姐，这个是给你的。"

夏颜如一挥手，便转身离去。笔记本坠落在地上，年有余抿着粉红色的嘴唇站在原地发呆。这一次，夏颜如几乎要哭出声来。她也不想这么狠心对年有余，可是每当他出现在自己面前时，她想做的就是让他难过。

期末考试后夏颜如赶最早的一班汽车回到了马戏团,她一路奔跑,她在想唐亦是不是也在等自己。正赶上演出结束,唐亦看见夏颜如在观众席朝自己挥手,他嘴角上扬,顿时语塞。这一别就是3个月。

夏颜如没等唐亦反应过来,就扑倒在他的怀里,紧紧地环抱住他的背。那天晚上唐亦背上夏颜如穿梭在街上。在一个转角,夏颜如第一次亲吻了唐亦的脖子。

九

年有余在饭桌上告诉爸爸他刚才坐车回来时看见夏颜如了,她到了冬天还只穿一件薄薄的外套。

年有余在看到爸爸沉默后,接着说:"您是不是就是因为怕我见到颜如姐和唐亦哥才不让我进马戏团看表演,那么您为什么不离开这里去一个遥远的地方生活呢?就我们一家三口。"

年有余第一次在大人面前流下眼泪,一颗又颗地掉落在木桌上。他觉得让他知道这一切是一个错误。他甚至有些开始恨自己,恨自己比唐亦和夏颜如过得好。

夏颜如和唐亦回到家,见外公做了一桌子只有过年才有的菜。唐亦说:"夏爷爷早上就将菜都准备好了,等着你回来呢。"

然后唐亦将一件新羽绒服递给夏颜如。这是唐亦用一个月的工钱从商场里买回来的。

外公握住筷子说："赶紧吃吧，赶紧吃吧！"

夜里外公躺在竹椅上抽着旱烟，将刚刷完碗筷的夏颜如招呼到身边说："你妈妈，镇子里有人说去山上寺庙里上香时看见过她。"

这是外公第一次在她面前提及妈妈，以往当她追问起自己的妈妈在哪里时他都闭口不谈。夏颜如一阵沉默。

"你去看看她吧。"外公长吐一口气，烟雾环绕在冰凉的空气中。夏颜如一整夜都没有合眼。

第二天早上，唐亦陪同夏颜如去往离镇子30公里以外的寺庙。

夏颜如的妈妈十几年来一直负责寺庙里的后勤工作，她几乎每年都要去一趟镇子里的马戏团，当她躲在一个角落看到自己的女儿在高空中做出每一个危险的动作时，她都会在人们的欢呼声中静静地流眼泪。

夏颜如在想妈妈会不会问她"过得好不好？"

她准回答："很好，从来都没有过不幸福。"

可是这些夏颜如只是想想而已，因为最终她并没有寻找到她的妈妈。不知道为什么她一点都不失望。

十

夏颜如想忘记一切，她再一次穿上红布鞋走在舞台上，她想找回以前的那种感觉，没有任何烦恼，单纯地只想把演出做到最好。

后来的日子里唐亦开始带着两个徒弟练功，他现在做得更多的是幕后工作。夏颜如每天都会去马戏团帮忙,看着那些刚进团的小孩,感慨万千地说:"看见那个小丑就想起小时候你的样子。"

"你喜欢我吗?"夏颜如盯着正在喂马的唐亦问道。她不想再这样折磨自己,猜测着对彼此的感情。

唐亦转过头来看着夏颜如期待的眼神,她的眼睛里闪烁着泪光。

这时,师父走进马棚问唐亦行李都准备好没有,唐亦一时之间也没有回答夏颜如。后来夏颜如一直没有勇气再问唐亦同一个问题。

唐亦告诉夏颜如明天他就要陪同几个师兄一起代表国家去巴黎表演。这是师父好不容易争取到的名额,只是时间紧迫,一直没机会说。

夏颜如自然也很高兴,唯一遗憾的是她好不容易才见到唐亦,就又要分开了。

唐亦离开的时候是腊月初三。

而腊月初四那天年有余死的时候,很多人都说这是一个意外。他不小心失足从围墙上掉下来摔死了。

那个时候,正在阳台上帮外公晒烟草的夏颜如听说年有余出事后,便匆忙赶到医院,她看见唐亦的妈妈瘫坐在地上悲痛欲绝。那样的情景,夏颜如发誓再也不要看见。很长一段时间,所有的人都沉浸在悲痛之中,唯独唐亦还不知道这一切。

十一

短短数月所发生的一切是夏颜如无法承受的。她爬上围墙,站在年有余跳下去的地方,张开双臂,闭上双眼,她能感受到年有余去了另一个幸福的世界。

腊月三十的晚上,镇子上每家每户都挂上大红灯笼,唯独马戏团隔壁的老屋。师父带着小徒弟们在大门口贴春联。夏颜如想起小时候跟在师父屁股后头嬉戏的唐亦,每次都会不小心将糨糊抹在自己的脸上。

在爆竹声中,夏颜如接到唐亦打来的国际长途,夏颜如哭了,哭得歇斯底里。她想唐亦了,还有年有余。唐亦说:"傻丫头,我会在正月十五之前赶回来。"

等夏颜如平静后,唐亦说:"如果年有余再叫你姐时,你就答应他吧。"夏颜如在电话另一端拼命地点着头,她并没有告诉唐亦她再也没有机会听到年有余的声音。

那段时日天空是灰暗的,夏颜如的生命里少了一个如花般的少年。少了一个还没来得及承认的弟弟。

弟弟。

倏然间夏颜如像是想起了什么。

她跑回家骑上自行车拼命地朝学校赶,一路上边吹着寒风,边流眼泪。一直到凌晨1点她终于翻过学校的围墙,来到年有余的教室收拾他遗留下来的课本,那厚厚的一叠书让她回忆起那天出现在校园里的年有余。

当夏颜如开始整理这些书本时,看到了那本年有余原本是想送给自己的笔记本,蓝色的封面。当她翻开扉页时,看到用圆珠笔写的一段字:

"姐,哥那天告诉我他喜欢你。"

木梳记

　　十四少站在山坡上放牛，他叫着在河里打猪草的葵花，葵花卷起裤脚回头对他微笑着，额头沁出细密的汗珠，发丝散落在额前。河的上游，一片芦苇随风摇曳着，风吹乱她浓密的长发，她将左手从耳沟划过，理了理头发。

　　河渡村在一年前被一场近乎灭绝性的暴雪湮没整整三个月后，就再也看不到往日热闹非凡的景象了。村子里留下来的全是一些被冠名为"弱势群体"的老老少少，像7月的爬山虎在这个穷窟里顽强地滋长着。这一年整个村子少了许多往日的家长里短。

第二年春天，当大片大片的雪开始融化时，年迈的老人都会弓着身子站在巷口翘首盼望各自的亲人。

在即将进入夏日的时候，大部分外出的青年都换了一身行头陆续回到河渡村，似乎已淡忘了那一年所有的伤痛。

"少，少！"

村子最东头的深巷里传出三爹的叫喊声，如同正午王麻子"磨剪刀"的吆喝声在河渡村的上空回荡着。

十四少依旧坐在碾谷场旁的砖窑上看着最西边那条曲曲折折的小道在夕阳下无限延伸着。似乎这里总是可以送走一些人，同时也能盼回一些人。

学校里的喇叭发出断断续续的声响，在3公里之外的河渡村就听得到，十四少知道老师在调试着一年多没用的音箱，准备迎来9月1号的开学典礼。

十四少面朝西边呆立着，第一次有了想出走的可怕念头，虽然在此前，他去过的最远的地方也只不过是渡河的对岸。那里生长着茂密的芦苇，夏天里被狂风肆虐之后，便齐刷刷地倒向一边。

这时三爹弯着身子缓慢地穿过深水巷，来到碾谷场，用那根长长的紫竹旱烟杆戳十四少的脑袋。

十四少有些不耐烦地从砖窑上跳下来，拍了两下屁股上的灰尘，不理会三爹，自顾自地朝大屋走去。

三爹在煤油灯下将黄草纸放在手心里来回搓着，搓成纸卷后作为纸捻引火,他说:"少,帮三爹拿些烟丝。"然后开始在夜深人静时躺在竹椅上吸旱烟。他的紫竹烟枪上绞丝雕花,很精致。

"少,来,来。"

三爹侧过身子招呼正在写作业的十四少。然后左手从烟袋中取出一小撮烟丝放在食指与拇指间轻轻揉捏着,开始跟十四少讲述早已被时光侵蚀的往事。

三爹说当年新四军东进时他抽过有名的黄桥旱烟,那每人二两计价的黄桥旱烟是作为津贴发放的。他回忆往事时一脸的欣慰与自豪,一时又不厌其烦地重复着那段曲子:"东进!东进!我们是铁的新四军!"

"吵死了,吵死了。"

十四少总是在这个时候打断三爹的记忆,并将他的痛变本加厉。三爹知道自己再怎么努力去疼爱十四少,仍然无法让他体会到父母的温暖。

"我爸爸什么时候回来?"

三爹吸了口旱烟嘴,用手摸了摸十四少的头,从兜里掏出一张皱巴巴的纸条,眯着爬满皱纹的双眼瞅了瞅,那是月初柱子的父亲从南方带回的一个电话号码,这个号码因为没有区号至今没有拨出去。

天空突然变得阴霾,十四少站在天井旁仰着头看着四四方方的天空,雨水像断了线的珍珠从黑色的瓦片间噼里啪啦地坠落在天井中有着厚厚一层青苔的石板上。那一场大雨结束了炎热的8月。

葵花站在山坡上看着乌云逐渐退去的天空,她潮湿的长发贴在消瘦的脸颊上显得更加浓密,她赤脚踩在烂泥上赶着牛朝河渡村走来。

9月的渡河涨满了水。开学第一天,十四少就将三爹为他用五种颜色的碎布缝制成的书包丢在河堤上。他厌恶这种看起来跟村南头葵花的几乎一模一样的书包,并认定那种颜色搭配起来的书包只适合女孩子。开学的第一天十四少就被同学们取笑用女生的书包,他找不到反驳的理由,憋着通红的脸在心中暗暗责怪三爹没有将那个军绿色的小挎包送给他。

十四少有点讨厌葵花,讨厌她有和自己一样的书包,即便是葵花先从一年级开始用的那个书包,一直用到现在的四年级。

十四少不记得是从几年级开始与葵花同桌的,他老是因为一些鸡毛蒜皮的事与她争得面红耳赤。十四少喜欢看着葵花流着眼泪恶狠狠地对他说:"我记得你,十四少!"然后有一种莫名其妙的满足感。

有一次,十四少看着葵花肩上搭着的两束麻花瓣,便鬼使神差地用剪刀将其中一束发梢剪掉了大约5厘米。一声尖叫后,葵花哭着跑出教室,找来了班主任。

十四少笔直地站在走廊里,两眼盯着脚尖,发现自己原来是个外八字脚,便故意将脚尖往内收。如此反复着,竟忘记自己到底站了多长时间。

"看,十四少又被罚站了!"从走廊经过的女生们抬起藐视的眼光从他身上掠过,并指手画脚地斥责他是个大坏蛋。

放学后,葵花走在回河渡村的小路上,怜惜着那束被剪断的头发。十四少害怕葵花将这件事告诉三爹,便故意讨好地跑到葵花前面抢着帮她提书包,葵花推开十四少。十四少知道今天的祸可闯大了,回到大屋便在三爹面前翘着屁股负荆请罪。

天渐渐暗下去时,河渡村安静得像是能听见任何生物发出的声响,十四少趴在桌子上,在煤油灯下做着算术题。每次打草稿的纸都是自己收集起来的香烟包装纸,用纳鞋底的白色细棉线缝在一起。他讨厌开学第一天就布置作业。

村子里以往每周只会来两次电,这个月却一直没来。他用铅笔拨着灯芯,黑烟将灯罩熏得黑乎乎的,他在想葵花会不会一直不理他。

每天从河渡村步行到学校要走大半个小时的路程。早上十四少5点钟起床,提着三爹为他用罐头瓶装好的咸菜邀隔壁的柱子一起上学,中午一般在学校吃一餐。葵花却可以享受更好的待遇——在她舅舅家吃午饭,她舅舅是年级主任,理所当然很多人都不敢惹葵花,除了十四少。

四年级的班主任潘银莲,村里的人都知道她是校长的情人。她一个人包揽语文、数学、音乐、体育四门课程。十四少不喜欢她,主要是因为她有狐臭。三婆就是因为三爹有狐臭才跑到邻村跟了别人,她受不了那种令人窒息的气味。

十四少知道第一节课班主任会抽查他的作业,他用手扯了扯葵花的衣裳,可不管怎么扯葵花都不理他,更不会将作业递过来让他抄。自从被剪头发那一天开始,葵花就用小刀在桌子上划了一道三八线,与十四少过着井水不犯河水的日子。

十四少说:"赶明儿我送你一把木梳好了。"

十四少有一双很巧的手,可以在竹子上用刀片雕出栩栩如生的花花鸟鸟，可他始终不愿意帮其他人雕任何东西。葵花曾想过让十四少帮她在文具盒上雕一些漂亮的东西，但很快就放弃了这个念头。葵花不愿低头求十四少什么，至少不会比十四少先低头。

葵花始终不理他，起身走到讲台上踮着脚挥动着手中的黑板擦。十四少觉得葵花擦黑板的动作很滑稽，差点笑出声。校长站在走廊中间提着一个铜钟，用长长的铁棍有节奏地敲打着。葵花曾说过她能分辨出上课铃和下课铃的区别——节奏不一样。十四少说："你晓得个屁，总不过是你舅舅告诉你的。"葵花觉得十四少老是会将她舅舅搬出来讽刺她，想着就可恶。

开学后的第一个星期天，十四少手握三爹的紫竹旱烟杆在院子里追赶着刚生完蛋的母鸡。那只母鸡似乎很不安分地叫个不停，直到它飞过院墙掉落几根茸茸的鸡毛。十四少将手伸进鸡窝中摸出三个热乎乎的蛋。

三爹正在午睡，他悄悄地进入三爹的房间，在木柜里一个镀着金边的铁盒里拿出一把精致的木梳。十四少一直对此感到好奇，因为三爹常常手里摩挲着这把木梳，两眼直视前方发着呆。十四少觉得这把木梳很好看，并想着自己能做出一个一模一样的。

上五年级时，村南头葵花家安装了村子里唯一的一部电话，听说是葵花舅舅从学校拿回来的。好多人都听说过电话，就是没有亲眼看到过。葵花家就这样在村子里开了个小卖部，卖一些烟酒糖果之类的杂货，并在院子里杵了一个十几米高的竹篙，最顶端安着像学校做广播的那种大喇叭。十四少怎么看都觉得那就是学校的那个大喇叭。自那以后就经常会听到葵花的爸爸在喇叭中叫着几队几组的某某某来接电话，整个河渡村的人都能听得到。于是，茶余饭后村子里的老太婆们都会做出一副很神秘的模样与过路的某个少妇谈论谁家今天的闲杂事，至于内容则会被传得五花八门。

十四少很想到葵花家看看电话是什么样，可一想到葵花的态度，这个念头立马就在心底被扼杀了。

终于在一个月后，十四少听见喇叭中传出了自己的名字。三爹耳朵不好，十四少只能自己去听电话。十四少的手在握话筒时紧张得发抖，一旁的葵花捂着嘴笑个不停，他立即假装镇定起来。电话另一头是十四少的爸爸，他觉得声音陌生得可怕，在听到对方"喂"了几声后挂断电话就朝屋外跑去。葵花追出来说："十四少你还没给钱呢！"

第二天去上学的路上，十四少大清早就在村口等着葵花。当葵花出现时，十四少便从兜里掏出一把五分的硬币，一共五毛五分："呐，昨天的电话费。"葵花说："你给我爸好了。"

一旁的柱子看到后故意抬高语调阴阳怪气地说："哟，送钱给媳妇用啊！"葵花红着脸追上前面的几个女同学。

十四少没作声，提着咸菜朝前走。来到学校后，几个同村的同学都跑过来问十四少昨天是不是他爸打的电话。他们关心的并不是十四少的爸爸，而是关于他爸爸的一些事，比如在外面养着女人，那女人还帮他生了一个小弟弟。

十四少始终不理会他们。葵花在一旁打圆场："叫错了，不是找十四少的。"十四少侧过头看了葵花一眼,虽说这句话说出来没有人会相信,可十四少觉得葵花今天很可爱。

有同学在一旁笑着说:"看,你媳妇都急了。"

十四少冲上前用手抓住那个同学的衣领,开始释放压在心底的怨气。一旁的葵花在将老师叫来之后,第一次站在十四少那边指责那个同学的胡言乱语。

葵花开始愿意与十四少一起上学。每次十四少跳进路边的池塘游泳,葵花就会说:"明天我就告诉老师。"十四少不明白为什么每次被罚站都是因为葵花。

10月的一场暴雨将去往学校的唯一一条小路冲垮了,那天放学后,葵花站在坡上等着爸爸来接她。

十四少说:"我背你吧。"葵花觉得害羞,甚至连手都不愿意给十四少。十四少便从书包中拿出一块木头对葵花说:"你握住它吧。"

十四少将葵花很顺利地接到了对岸的坡上。她觉得奇怪的是十四少为什么老是拿着一块木头。

在五年级的课程结束时,十四少最后一次将书本从学校带回家。小学毕业,在河渡村就意味着很多孩子将不再继续上学,多半是守着家里的几亩地过着实在的生活。

那一年的庭院弥漫着栀子花的清香,十四少站在冗长的深水巷抚摸着青砖墙,7月的爬山虎爬满了老虎窗。葵花从木窗中探出头,浓密的长发在风中飘扬着。她拼命地向十四少挥着手说:"我终于可以去城里了。"袖口滑至她的手肘,显露出瘦小的胳膊。

过完这个暑假,葵花的舅舅就会将她安排到城里去上初中。

十四少和村子里大多数同学也会到离河渡村30里远的小镇上初中。

十四少站在山坡上放牛，他叫着在河里打猪草的葵花，葵花卷起裤脚回头对他微笑着，额头沁出细密的汗珠，发丝散落在额前。河的上游，一片芦苇随风摇曳着，风吹乱她浓密的长发，她将左手从耳沟划过，理了理头发。

那个片段是十四少对葵花最后的记忆。

在后来的三年里葵花只在暑假回来过几天。十四少则在初一下学期那年辍学，跟着村子里的年轻人到南方打工，就连三爹也不知道怎么联系他。

葵花开始了自己的新生活，几乎在记忆中淡忘了那个黝黑且调皮的少年。偶尔回忆起往事，才会觉得有那么一个人在印象中比较特别。

一个晌午，葵花的爸爸在喇叭中叫三爹听电话。三爹的听力明显不及当年，如果是十四少打回来的电话，他依然会竭尽全力地去听听他的声音。三爹从竹椅上起身，将烟杆别在腰间，背着手，匆匆赶去听电话。没等他走到葵花家门口就有人传来噩耗，十四少因工伤死在了南方的一家工厂。电话另一头是与十四少一起出门打工的柱子。

那年冬天，三爹变得更加沉默寡言，偶尔会在深巷中的大屋里独自哼着那段曲调："东进！东进！我们是铁的新四军！"哼着哼着就开始泣不成声。

葵花在北方上大四那年听爸爸说起十四少的事时，她觉得内心深处一阵刺痛,但很快也就恢复心情,投入到学习中了。唯一有一次,她在跟男朋友约会时,莫名地想起了当年的那个男孩子以及跟他在一起的一些细节。

葵花结婚3年后带着女儿回河渡村时,特地到村子的大屋探望三爷。现在三爷除了国家每个月补给他的几百块钱津贴,村里多数人都会轮流来照顾他。三爷对葵花说:"还记得那年,少剪断你的头发吗?我用烟杆把他的屁股抽得开花。"随后指着堂屋最东边的一个墙角说,"丫头,那个盒子里面装着当年十四少的不少东西呢!"

葵花蹲下身子抚去盒子上的灰尘,里面装着一些杂七杂八的东西。那一刻葵花看见里面都是自己上小学时无故消失的橡皮、头绳、铅笔头……其中最显眼的,是一把手工雕刻的木梳,上面刻着一朵精致的葵花。

PART FOUR

沿途的远处

那个女孩

如果眼泪不记得

路漫漫

匆匆,那少年

沿途的远处

记忆就像绿色的植物顺着藤蔓蜿蜒而上，在7月的夏季疯狂滋长，苏锦站在庭院的水井边将浓密的长发缓缓放入木盆里，她的胸口倏然间隐隐作痛。在记忆的某一节停顿，眼泪被清水稀释，她不记得多久没有这么隐忍的痛过，更多的是某种持续的感动。

一

记忆就像绿色的植物顺着藤蔓蜿蜒而上，在7月的夏季疯狂滋长，苏锦站在庭院的水井边将浓密的长发缓缓放入木盆里，她的胸口倏然间隐隐作痛。在记忆的某一节停顿，眼泪被清水稀释，她不记得多久没有这么隐忍的痛过，更多的是某种持续的感动。

"沿途的远处。"在一分钟后她收到夏可镂回复的短信。她认为这一切简直就是精心策划的骗局。

二

苏锦记得第一次遇见夏可镂时是在展厅的一个角落。

当时他和几个男生都穿着迷彩服，围在一起看高年级展出的一组水彩画。他边喝着纯净水边跟旁边的同学解析这组画有多么的糟糕。比如整个画面太灰，也没有突现出主体，诸如此类看似很专业的评语。

她看着这帮刚结束军训的小子，露出一张张包青天似的黑脸，还在那里张牙舞爪，特别是那个说自己的画有多么糟糕的家伙。他是标准的单眼皮小眼睛男生。长得倒是挺帅气，简直就是她心目中白马王子的形象，正如她常念叨的：大眼无神，小眼迷死人。末了那个家伙在离开展厅时很不屑地丢下一句话："苏锦也不过如此。"

三

苏锦开始明白不是每个男生都像镇小桥那样懂得欣赏自己。每当自己受委屈时第一个想到的就是镇小桥。

镇小桥从5岁那年就开始拉着苏锦的小手跑遍城关镇大大小小的灯会，像是一个哥哥。而苏锦习惯叫他小桥，只是只在两个人单独相处时才这么叫。

在苏锦的童年里记忆深刻的就是大屋间穿插的"一线天"。苏锦喜欢镇小桥背着自己从窄巷里穿堂而过，沿路哼着小曲，以及与他背靠着背坐在屋顶上看夕阳西下的日子。

那么久远的事，苏锦似乎一直记得。

这时，镇小桥早已在教学楼三层等候苏锦走出教室。放学后他们一起去车棚，苏锦边开锁边对镇小桥说："刚才有个新生评论我的画很差劲呢。"

镇小桥只是笑了笑说："那你是遇上对手了吧！"

苏锦不屑地说："我才不稀罕呢。"她骑上单车，想着刚才那个家伙的一番话，好像说得也并非没有道理。

这学期苏锦嚷着外婆在自己的房间里安装了一台二手电脑。房间里多了这台高科技后显得很不协调。即便他们现在住的屋子的外墙在上个月被涂上一个巨大的白圆圈，里面醒目地圈着一个"拆"字。有时候苏锦放学经过庭院的外墙时，被那个"拆"字瘆得心惊胆战。

她喜欢一切古老的东西，包括现在用的生活用品，铜盆、煤油灯，以及有着精致雕花的木门。大部分都是外婆的外婆传下来的。

四

　　苏锦第二次遇见夏可镂，是在半个月后，她像往常一样来到办公室，将上午同学们画好的作业交到美术老师的手里。苏锦就在那时很诧异地看见旁边站着的是许多天前在展厅遇见的那个家伙，连她自己都不知道自己的表情是诧异还是惊喜。这次他的脸明显白了许多，穿着一件胸前有着黄色 logo 的黑色耐克 T 恤。苏锦有些幸灾乐祸，这家伙终于让老师给批评了，在罚站呢。心底居然涌现出一种报复的快感。

　　苏锦刚要转身离去，美术老师就叫住了她。

　　"苏锦，你过来看下这幅画。"

　　苏锦一个箭步走过去，接过老师递给她的一幅伏尔泰石膏素描画像。

　　"你看怎么样？"

　　"很好呀！"苏锦自愧不如。

　　这幅素描画像，不管是从构图还是表现手法上，的确有过人之处。正当苏锦想问这画出自谁之手时，美术老师就指着身边的那个家伙说："呐，你刚进校的学弟。"于是那天，苏锦就记住了画面上右下角用铅笔写着的那三个字——夏可镂。

　　这次苏锦真的意识到自己遇到了对手，并且还是一个深藏不露的高手。

当高手遇见高手都会有些自负。可是当着苏锦的面,夏可镂甚至有些羞涩。他始终低着头,完全没有那日在展厅里咄咄逼人的气势。

可是苏锦是一个相貌并不出众的女生,用同学的话说就是一个胸小有脑的人,要知道她经常穿着镇小桥的 T 恤在学校以及公共场所大大咧咧地奔来走去。她的性格继承了她母亲的爽朗与不羁。在所有人看来她是一个活泼开朗的姑娘。而她的才华,是很多人愿意接近她的理由。

后来苏锦有事没事就会跑到高一画室去溜达,同样会以一副前辈的模样指点那些对自己仰慕已久的学弟与学妹,偶尔也帮他们修改一下画,其实更多的是想借此机会多看看那个叫夏可镂的家伙。除了镇小桥,他是第一个让自己打心底崇拜的男生。

那个学期,苏锦与夏可镂有两次站得是那么的近,一次是在办公室,再一次是两人一起站在领奖台上,高举着奖状。到一个学期结束时,苏锦还没有与夏可镂讲过半句话。她只是静静地透过窗户从侧面看着他画画的样子。她想起不久前看过的《蓝色大门》,夏可镂像极了影片里的小士,除了眼睛比他小一点。

五

整个寒假苏锦只喜欢待在屋子里,除了画画、上网,就是回忆往事,或者看着白色的墙壁发呆。

外婆听邻居的阿婆讲自己的小孙女 10 岁就来了月经时，表情是多么的惊讶。这时在院子里洗头的苏锦不屑地说："有什么大惊小怪，都 21 世纪了。"不由得也回忆起自己在青春期时遭遇的一场尴尬。

那是一个静谧的响午，当听见苏锦一声大叫后，镇小桥一脚将镶嵌在厕所上的那个摇摇欲坠的木门踹到一边，一把将瘦弱的她扛在背上，疯狂地朝医院跑去。血顺着她的大腿内侧流到脚跟，在燥热的夏天瞬间结成暗红色的血块。

她说："小桥，我会不会死掉？"她紧紧地搂着镇小桥的脖子。

那年，苏锦刚满 11 岁。

对于苏锦来讲整个假期是枯燥乏味的。即便春节去过好多亲戚家串门，但她最想念的爸爸始终没出现，原本苏锦的爸爸每个月都会来看她一次，现在也被打破了。三十几天的时间就这样漫长地过去。

正月十六的早晨，镇小桥的母亲在院子里晾衣服，她唤着七女儿的小名，嚷着赶紧给镇小桥与苏锦报名去，钱就搁在堂屋的桌子上。半天不见屋里有反应，她抬起双手在空中甩了甩，用衣裳将手擦干，拿起鸡毛掸子跑进内屋把正在看言情小说的七女儿撵了出来。她投入到小说中的感动在一瞬间灰飞烟灭。

"下个月就给你找个婆家。"外婆恶狠狠地说道。

苏锦听得咯咯地笑。这时镇小桥看着一旁的苏锦说："听到没有？不听话就给你找个婆家！"

苏锦不知道从什么时候开始就一直住在镇小桥家里。这一算，父亲将近一年没来探望她了。

苏锦说："小桥，我可能喜欢上了一个男生。"

她不知道为什么要告诉镇小桥这些，或许根本就是一个人在自言自语。

那个冬天，苏锦并没有盼来雪花，她有些失望。

六

苏锦发现夏可镂是个左撇子，画画与写字都用左手。

她开始关注他。她的脑子里突然冒出一个念头——想要接近他，但一定不要让任何人发觉。半夜苏锦从被窝里爬出来，坐到电脑前，在百度里输入"夏可镂"三个字，所幸整个网页也就只显示出十来条信息，均出自不同的网页。她每一条都很认真地看完，竭尽全力想找出点蛛丝马迹。

显示器上第一条信息是关于他在全国少儿组美术大赛中得过一等奖的新闻报道。第二条信息则是来自一个网上同学录，上面清楚地写着夏可镂的相关信息。她先跳过一些繁琐且无关紧要的段落，在联系方式中直接将他的QQ号码复制下来，然后加为好友。结果出来一个问答题："我喜欢谁？"苏锦先是一愣，然后瞎输了几个女明星的名字。比如，王菲，蔡依林，刘亦菲，都没成功，只好作罢。她猜测着夏可镂喜欢的那个女生会是什么类型，想着想着不自觉地笑着睡着了。她也并不是没有收获，至少知道原来夏可镂与自己上的是同一所初中。

苏锦发现与夏可镂有了除了画画以外的话题后，终于在画室里有了与夏可镂的第一次对话。当时她在心底盘算该怎么打招呼才显得自然，要看不出来有半点故意接近他的意思。后来还是觉得话题越亲切越好，稍作准备后便说："你也是T中毕业的，是么？"

可是话刚说出口便后悔了，她怕下一句夏可镂问自己怎么会知道他是T中毕业的？

此时夏可镂转过头来，露出两颗小虎牙，只是微笑着点了点头。所幸他没有以正常对话模式与苏锦交谈。

之后两个人便热火朝天地谈论起T中的种种不是，以及各自喜欢的美术大师。

从那以后他俩就经常在一起谈论画画，各自想考的大学。除了画室，他俩没有单独去过任何地方。

就在那天晚上，镇小桥无缘无故地对苏锦发脾气。她心底里觉得委屈，因为从来都没有看到镇小桥对自己发过火。只不过是约好下晚自习一起去看电影，只是稍稍晚到10分钟而已。

苏锦边走路，边流着眼泪。镇小桥将她远远地甩在后面。一直以来，谁都不能让苏锦流眼泪，除了镇小桥。

这时，远处有一辆单车加速紧跟了上来。

"你没事吧？"一张纸巾在苏锦的眼前晃了晃。苏锦看见夏可镂露出的两颗小虎牙就忍不住笑出声来。见苏锦有了反应夏可镂就咧开嘴傻笑。

夏可镂说："今天是我生日，可不许再哭了。"然后坚决要苏锦请客吃生日蛋糕。

她在学校门口那家蛋糕店买来一个糖果蛋糕，当苏锦将16支蜡烛插好后准备点燃时，夏可镂急忙说："蜡烛不对！"
　　苏锦再数了一次，确定地说："是16支，没错！"
　　夏可镂说："应该是17支。"
　　"原来你是'老油条'？"
　　"嘿嘿，可要替我保密喔。"
　　一个小时后，苏锦坐在夏可镂的单车上，用手紧紧地扯住他的衣裳，突然感觉他与镇小桥是那么的像。骑车都喜欢走S型线路。
　　"你就不可以走直线吗？"
　　"笨蛋，你怕摔就抓紧点！"
　　苏锦想：要是镇小桥，她会毫不犹豫地将双手环抱在他的腰上，可面前这个男孩让她感觉到羞涩。
　　于是苏锦说："再不停车，我就跳下去了！"
　　似乎这种威胁起到了作用，夏可镂乖乖地骑单车，笔直地朝前走，并且行驶的速度逐渐缓慢。
　　苏锦说："你为什么会在初三留级呀？"
　　说这句话时，已经到了苏锦的家门口。
　　苏锦没有等到回答。
　　当夏可镂踩着单车即将消失在巷口时，苏锦大声喊道："夏可镂，生日快乐！"

　　春天像是没有过度就直接进入了炎炎夏日，苏锦换上了裙装。
　　在一个周日的下午，夏可镂第一次主动约苏锦在学校的足球场见面。

当看见苏锦穿着蓝色格子裙,拎着书包走过来时,夏可镂停下脚上运球的动作,走到她跟前像是要说什么又很难开口。后来就干脆随便说了一句话。

"这裙子真漂亮。"

"谢谢,是我外婆做的。"

"你男朋友还在生你气啊?"

"嗯?"苏锦把眼睛睁得大大的,有些疑惑。

"难道4班的那个帅哥不是你男朋友吗?"

等明白过来后,苏锦扑哧笑出声来。苏锦知道他说的男朋友指的是镇小桥。

"他才不是我的男朋友呢,是我小舅,同一天出生的小舅。"

他们坐在阴凉的大树下喝着汽水。苏锦用了一个小时跟夏可镂讲述着自己的童年。

事实上镇小桥的母亲在一连生下7个女儿后,仍坚信镇家的香火会得以延续下去,在试过各种偏方后在17年前生下他。

镇小桥与苏锦都是在1987年11月1日在城关镇中心医院出生的。

在同一天当喜悦降临不到一刻钟,便从另一间病房传来噩耗,镇小桥的母亲失去了她的大女儿。她是难产,最终选择了保住肚子里的苏锦。从来都没有见过母亲的她更觉得外婆就是自己心目中母亲的形象,而镇小桥一直就是一个哥哥的形象。

上初中时,镇小桥习惯在放学后与苏锦爬到屋顶,坐在青色的瓦片上看蔚蓝的天空。镇小桥从书包里拿出父亲送给他的口琴，迎着风吹给苏锦听。《爱尔兰画眉》——一首舒缓而忧伤的曲调。

那时苏锦对镇小桥说："如果你不是我舅舅该有多好。"

夏可镂先是诧异，然后说："呵呵，那我不是有机会了？"听他说这句话，苏锦只是当他开了一个玩笑，因为后来夏可镂就转校了。具体原因不明。

苏锦还没正式向夏可镂要联系方式，他就消失了。那段时间，她每天在百度里搜"夏可镂"的相关信息，可显示出来的信息依然是一年前所看到的。原来百度并不像想象中的神通广大，连一个曾经那么熟悉的人，都找不到他的踪迹。

七

一个暑假过去，苏锦的七姨终于要出嫁了。那个周末，刘婆来到家里，拉过镇小桥的母亲细声细气地在谈些什么。镇小桥与苏锦坐在一旁的椅子上看着刘婆眉飞色舞地将隔壁镇上的某个男子夸得天花乱坠。不论是长相还是家底，在她嘴里都如人间极品般。最终她指着屋子里贴在墙上的一张四大天王的海报说："呐，就像他们一样帅。"

苏锦觉得刘婆就跟电视里看到的古代媒婆一般，下巴上果真有颗不小的痣。

城关镇，最有名的就数西巷的刘婆了。她最值得骄傲的业绩是为镇长的儿子说了个洋妞。在一年后洋妞生了个洋娃娃，可爱至极，随后镇子里有钱的人家都会请刘婆说媒，什么美国妞、英国妞，个个金发碧眼，最后连菲律宾的姑娘都漂洋过海来到城关镇。只要是国外的都好，生的娃儿聪明。而刘婆愿意来外婆家，主要是苏锦的七姨是城关镇难得的美女。

最后刘婆一拍桌子角，便说："就这么定了，保证你家七女儿到了他家有享不尽的福。"

镇小桥的母亲将刘婆送出大门后，内心有些不安妥，心里盘算着要派人去试探下实情才行。

外婆说："你妈就是刘婆说的媒，你看是什么好下场！"

苏锦不知道为什么母亲会留下她一个人就离开了。外婆很强势地将她从父亲那里夺过来，让更多的人疼她。事实上她觉得镇小桥才是最幸福的。

她清楚地记得那年镇小桥对自己说："你就叫我小桥好了。"

八

苏锦升到高三后，艺术考试的前一个月就是自己与小桥 18 岁的生日，先前过生日，只是外婆在做完糯米团后带着镇小桥与苏锦去祭拜母亲。今年外婆破例买回来一个蛋糕。吃蛋糕时，苏锦想起了夏可镂。

元旦那天，苏锦与带队老师一起坐火车来到北京，准备第二天的第一场美术考试。

那天，她趴在一旁的桌子上填写上报名表，然后排在几千人的队伍中等待着，仿佛离梦想越来越近了。这时一只手从后面搭在她的肩膀上。苏锦转过头看见夏可镂时，几乎眼泪都要流下来了，激动得半天说不出话。

"夏可镂，你当初为什么就消失了？"

"我转来北京上高中了，就知道今天你会来考专业。"

夏可镂露出两颗熟悉的小虎牙，接着说："再等一年，我也会考这所学校。"

说完后拿起一支圆珠笔在纸条上写下一串号码递给苏锦。

"呐，我的手机号码。"

两人报完名，夏可镂带苏锦直奔欢乐谷坐过山车。

后来夏可镂告诉苏锦，其实他在离开学校前的那个晚上跟镇小桥以男生的方式进行了一场PK，在篮球场上一决高下，结果输给了镇小桥。镇小桥反而告诉夏可镂一个秘密，苏锦很想坐过山车。那是她很小的时候的一个愿望。

夏可镂不知道接下来要说些什么。

夏可镂离开时告诉苏锦，这个暑假他不能回城关镇了，他要抓紧时间努力念书。而苏锦考完专业后就回到了学校，开始复习文化课，准备迎接高考。

九

收到中央美术学院的入学通知书是在半年以后。苏锦被请到原来的高中,在老师的要求下前来谈论自己的学习心得。在高二美术班为那些开始冲刺的学弟学妹们做榜样,苏锦目不转睛地盯着教室第三排中间的那个位置,那曾经是夏可镂的座位,现在取而代之的是个女生。

苏锦在结束演讲后,来到足球场回忆起3年以来与一些人走过的痕迹。正当她在英语角边的石椅上坐下来时,她碰见了一个高个子男生,老远就叫住了她。

"学姐,几个月前去北京有没碰见可镂?他一定是去看你了是吧?"她记得他是当年和夏可镂一起踢足球的那个高高黑黑的男生。其实夏可镂知道自己的文化分数过中央美术学院有很大的难度,因此最终选择去北京上高中。

于是在谈话期间她知道了一个真相。

她记起第一次见到夏可镂的情景。两年前,夏可镂是故意提高嗓子评论苏锦的画,是因为他想引起她的注意。不管是坏印象还是好印象,只要能记住他就好。而那时,夏可镂整整一年没有看见苏锦。

苏锦边骑单车,脑海里边回放着与夏可镂在一起的片段,就像剪影,在这个盛夏迎着微风缓缓呈现。她自言自语:"小孩你是否在此时此刻也把我想起?"

她推开房门,打开电脑,数分钟的等待后,在QQ查找中输入那个被搁置很久了的QQ号。

"我喜欢谁?"依旧是那一个问答。

那一刻,她小心翼翼地键入了自己的名字。

原来,在夏可镂的日志里藏匿着另外一个真相。

2005 年 3 月 2 日

苏总是出现在画室里,她画画的样子很美,即便我就在她对面的教室,她也从来不会注意到我。因为,我总是在角落偷偷地看她。

2005 年 10 月 8 日

苏最终去了 K 中,如果能与她上同一所高中,又是同一个专业,我必须留下来再复读一年,我愿意用一年的煎熬换得与她共度两年的快乐时光。即便仍是在角落默默地守候着她。等 5 年后,我们可以上同一所大学。

……

当苏锦花了两个小时将夏可镂初中时写的日志统统看完后,她呆呆地愣在电脑前。原来这是一场有预谋的爱情。他陪着她从沿途的远处一直缓缓前行,直达彼岸。

十

于是,那个 7 月的傍晚,苏锦站在庭院的水井边,木盆里的水面上晃动着新生的月牙。当微风逐渐吹干她湿淋淋的长发时,她终于明白原来有一种欺骗可以彻彻底底地揽走一个人的一切,并为此热泪盈眶。她沿着幸福的路试探着最初的起点,在手机上用力地按下一段字:"你从哪里来?"

夏可镂说:"沿途的远处。"

那个女孩

　　我的感觉就在那一瞬间开始萌动,并且开始喜欢上照镜子。看着那张并不熟悉的脸,摸着脖子上突起的喉结,下巴上柔软的胡须,心开始怦怦地跳动。我知道,那年的我有着16岁的身体。

　　我看到的那个女孩,她的长发上卡着一个淡蓝色的蝴蝶结,右手提着粉红色的背包,站立在校门前,微侧过身子朝右边探望着。她的裙摆如同蝴蝶般翩翩起舞,白净的长袜下面是一双刷得渐渐褪色的蓝色球鞋。

我的感觉就在那一瞬间开始萌动，并且开始喜欢上照镜子。看着那张并不熟悉的脸，摸着脖子上突起的喉结，下巴上柔软的胡须，心开始怦怦地跳动。我知道，那年的我有着16岁的身体。

我在马路对面观望。她好像永远保持着那一贯的姿态，动人而美丽。

我的左手肘总是在下雨天隐隐地疼痛，就像有某种微生物在腐蚀着它。

我起床时，看着那只手，上面好像有虫子在蠕动着，一片一片的。我快步冲到楼下的公共汽车上时，发现关节不再那么痛了。然而不久车上的人都将目光转移到我的身上，还有那个头上卡着淡蓝色发卡的女孩，我对着她微笑，她的表情却很尴尬。诧异中我才意识到，我没有穿裤子。

天空突然旋转起来……

我睁开眼睛，下床，走进浴室用凉水冲洗着身子，凝视着镜子中自己的身体。随后慢慢披上浴巾，我发现自己似乎看见一个成熟男人的身躯。

早上不吃什么，光喝可乐，那是一种习惯。果果说，那已成了我们的生活，不理解，你就当它是艺术吧。

出院子门时习惯性地把手伸进信箱，收到了果果寄来的第132封信。其实每隔两天就能收到一封。

我拿着信朝站牌跑去，坐在公车的最后排，边喝可乐边看完它。

亲爱的川贝：

　　你可不可以不要在每次喝可乐时看我写来的信？这样我会认为你对待它不认真，也就是间接地对我不认真。我跟你说的是真心话。也许我这样频繁地来信只是为了不要把你忘记，同样也让你不忘记我。你说你喜欢上了一个女孩，是吗？我不知道你为什么会对我说。那个女孩一定很漂亮吧！

　　今天放学后，一个人去逛街，在精品店里买了一个淡蓝色的发卡，是好久以前就看上的。听说你喜欢看女孩子戴蓝色的发卡，你还说要送我一个，也许我直到今天才买就是因为之前一直在等着你送我。

　　我从那个大院子里搬出来后总觉得怪怪的。以前总能和你一起去上学，现在只有我一个人。我每天骑单车上学，你说那样很好，可以减肥，我想很认真地问一下你，我真的很胖吗？你可以骗我，但是最好不要让我怀疑。你说我这样给你写信还不如每天写好日记一并寄给你。以后就写不成了，我的右手在骑单车时被一辆的士擦伤了。妈妈骂我真的很笨，为什么不马上找那个司机！我写这封信时必须要用力地握着笔杆，食指那个部位真的很痛。我最后改为用拇指与中指握笔给你写完信。

　　我看到这里时，将信折叠好后放入背包里。

　　我再一次碰见那个女孩时，她正坐在音乐教室弹钢琴。很好听，我站在远处静静地听着。她表情平静，但她一遍又一遍地重复着那段曲子。音乐老师耐心地指导着她，不停地用手比划着。

　　她走出校门后，有个男人总是用单车接她。她很安静地坐在后架上，离我的视线越来越远。

我打电话告诉果果说："我知道她是学钢琴的，好巧喔！你不是也学过吗？"

果果在电话另一头哭了。我有些不知所措地问："怎么了，果果？"

果果说："川贝，我真的好开心你还记得我学过钢琴，你知道吗，我好害怕你会忘记以前所有的一切。"

我听她在电话另一头哭了好半天，最后她说："好了，川贝，我好累，明天再给你打电话。"

我觉得果果越来越奇怪。也许她本身就是这样，只是我之前没有发现。我躺在床上听音乐，最近买了好多钢琴曲的CD，都搁在地板上，随时都可以听。突然一个想法闯进我的大脑，我像疯子一样抓起电话告诉果果，我想学钢琴。

她在那头开始笑，狂笑，笑了好半天之后说："好的，我周末正好要去老师那里练琴，你来找我吧。"

我骑着单车，按照果果之前给我的地址开始寻找她的新家，在我确定找不到她所在的小区后，叫了一辆的士，然后告诉哥我想去的地方。看得出来，的哥的表情有些惊愕，随后迅速恢复平静。他帮我将单车放在后备箱，然后说："你是外地的吧？"

我说："不是，我是在这里长大的啊！"那一句话还没说完，他停车了。

我说："出了什么问题吗？"

他笑着抓头，然后指了指前面的一片楼宇说："到了。"很简单的两个字，我给了他起步价4块。果果在远处看见我后，飞奔过来。

她看着我铁青的脸说:"怎么了,川贝?"

我说:"没事,那司机找错钱了,多给了我四元呢。"果果又是一阵狂笑,然后说:"真想不到还有比你更笨的人喔!"

我说:"果果你好像长漂亮了!我们好像有半年没见了吧?"

她说:"你看上去还是傻傻的!"

我说:"嗯,我也觉得。呵呵!"

我推着单车问果果:"我们是要到哪儿去?"

她用手敲了下我的脑袋说:"看你真的傻得不行了。"

然后我们走了好长一段路都没有讲话,果果的手机响了,一会儿她走过来说:"川贝,我姥姥来了,妈妈叫我回去一趟。"

我说:"没关系,下次吧!"

我还想问:"果果你的手好了没?"她却已经走出好远。我暗问自己:我接下来该干什么?

回到家后,吃了泡面,躺下后却怎么也睡不着,不知道从什么时候开始失眠了。这种症状真是折磨人,去医院咨询了医生,给的回答是:"天啊,你才16岁!"

从医院出来时,我回想着医生对我说的话:"不要在思想上有压力,学会放松些,要注意营养。"然后我就痴痴地傻笑。

在收到果果寄来的第133封信时,我正躺在床上打点滴。医生说:"严重失眠必须留院观察。"我说:"我想回家。"

亲爱的川贝:

我的手指头好了,昨天刚好的。医生说能正常写字了,我就试试看,果然能写了,又能弹钢琴了。那天,就是我们见面的那一天,我看到你后,真的好激动。因为我又一次看到了你的脸。你还是高高的,瘦瘦的,看起来很精神。

那天我到家后姥姥对我说,姥爷死在家里了,心脏病突发。妈妈问为什么不打120?耽误了抢救时间。姥姥说,姥爷不在身旁了她就不会用电话。妈妈通知了所有的亲戚,那一天家里异常的忙乱,就连我从没有见过的小叔也从遥远的澳洲赶回来了。他16年都没回来过,我开始觉得这个世界真的很神奇。

那天以后我再也不敢去姥爷家。我胆子很小这你是知道的。妈妈说:"傻孩子,那是你姥爷,怕什么。"我说:"是呀,但我还是怕。"

我开始在地摊上挑一些恐怖片买回家,一个人在客厅里看。我以为这样可以锻炼胆子。但我却觉得一点也不恐怖,居然在看完之后哭了。不是因为害怕,是心里太压抑了。我想起姥爷在我小时候从来都没有抱过我,因为我是女孩。

我现在开始失眠了。很晚都睡不着,经常一个人走到阳台上,想着恐怖片里的情节,居然还笑得出来。夜好静好静。川贝,我是不是疯了?

我在电话里说:"果果,我们见面吧!"
她说:"我现在好憔悴,我不想让你看到我后说我不漂亮了。"
我说:"不会的,我也在失眠,跟你一样。"
再一次见到果果时,她穿着一件白色的羽绒服,脖子上绕着一条淡蓝色的围巾。她说:"想不到这么快就到冬天了。"她说话时嘴里吐着一团团白气。

"你有跟那个女孩发展下去吗？"

"我一直在马路对面看着她，从没有接近她，我无法越过那一层障碍。"我看着果果的脸，冻得红红的。

"川贝我可以抱一下你吗？就当我好冷，行吗？"她突然说。

我走过去，轻轻地抱着她。她流着眼泪说："谢谢你，川贝。"回到家后已经凌晨一点。果果说："我们聊电话吧，通宵。"我只听到她不停地哭泣，然后不停地笑。她说："川贝，你讲的笑话真好笑，为什么以前没听你讲过呢？"她说："川贝，我该去洗漱了，准备去学校。"

白天再通电话时，我告诉果果，那个女孩不再出现在马路对面了，我看不到她了。我去过音乐教室，那个位置现在坐着一个男孩。

果果在电话另一头半天没说话，然后电话挂断了。我到楼下24小时营业的便利店买了5罐可乐，在房间里一口气喝完。

后来我跟果果说到这件事时，她的第一反应是："天哪，你居然一整夜都没有去上过厕所？！"果果说："我不再写信给你了，川贝，我觉得E-mail更便捷。"

我说："果果，院子里的那个信箱，在一周前被人拆了，说是要重新装，都用了10年是该换新的了。"

她说："记得小时候我们假装写信给对方，我总是朝里面丢纸条，上面总是写着那三个字：汤川贝。我曾经问过你，为什么你妈妈给你取这样一个名字。你笑着说，可能是因为你从小就患有气管炎。"

我说："我已经一个星期没看见那个女孩了，每天我都会在人群中搜寻她,可总是失望地离开。"

果果说:"你为她失眠过吗?听说如果一个人喜欢上了另一个人就会为了那个人失眠,你失眠是为了她吗?"

我没有回答她这个问题。我看过医生,失眠无法彻底根治。后来妈妈陪着我去看心理医生,那个医生戴着一副黑框眼镜,看上去像是刚从大学毕业,或者是心理学硕士、博士什么的,反正很年轻。他问了我好多问题,我都一一回答,毫不隐瞒。当他问到最后一个问题:"你是为一个女孩子而失眠吗?"我低着头,像是默认。我开始学着忘记,就像开始学会记忆一样,有种朦胧的感觉。我学会了弹钢琴,是果果手把手教会我的。我们坐在校园里长长的台阶上,喝着可乐。我曾多少次走过音乐教室,总能听到不同人弹奏的钢琴曲。我像是淡漠了一切。

我的耳麦里全是钢琴曲。

有一天果果突然问我:"你喜欢贝多芬吗?"

我说:"当然。"

她说:"你相信奇迹吗?"

我说:"如果是从贝多芬身上来看,我相信。他的钢琴曲是伟大的,他同样如此。"

果果将我拉到 KFC,她说:"我今天过生日,17 岁了。"

我说:"有这么快吗?我忘记准备礼物了。"

果果说:"我们俩一起过生日就好了,那样我会很开心。"

我说:"果果,你怎么流泪了?"

她说:"这薯条怎么这么辣啊!"

我说："上面是番茄酱，不辣的。"

果果坐在公车上，头靠在我的肩上。她说："这样可以吗？川贝，我想去看电影，就这样靠在你的肩上，那一定是最难忘的一次生日。"

送果果回家时，她醉了，她说是喝可乐喝醉的。她站在大门前努力地向我挥手，她说："川贝，晚安。"

我一如既往地穿梭在那条通往学校的街道上，仿佛已不记得曾经发生过什么，心里偶尔有些隐隐作痛，像是在失眠后发生的第二种病症。

不久，我收到果果寄来的第 134 封信。

亲爱的川贝：

我还是觉得写信给你比较好一些，写电邮会不习惯，我很讨厌打字的。听说你也搬家了，还好是在同一个城市，就是离得不那么近了。你送给我的淡蓝色发卡我前几天就收到了，你说是补给我的生日礼物。谢谢你，川贝。

其实在很久以前我收到了一封信，是我的一个朋友写来的，我和她快两年没有见面了吧。以前在一起学过钢琴，她很优秀。她说她喜欢上了一个男孩，老是想着他，并且开始失眠。

你还记得贝多芬吗？她说她怕那个男孩嫌弃她，因为她根本就听不见，也不会说话，她从出生那天起就是一个聋哑儿。

她很小就喜欢弹钢琴，虽然家里并不富裕，她父亲却很努力地赚钱给她买了一架钢琴。她当时哭了，她说，有这样的父亲真的很幸福。她父亲从她 4 岁开始就每天接送她上学，从不间断。她还说，那个男孩子应该是注意上她了。他经过她们的音乐教室时,她开始感觉到紧张,老是弹不好那段曲子。她知道他一直在马路对面注视着她,她感觉很幸福,开始为他失眠。她去看心理医生,那个心理医生很年轻,戴着黑色的边框眼镜。她将他提出的问题都写在了纸上。

她后来去了一所聋哑学校,里面的条件很好,也有音乐专业,学起来也不那么费力了。她还学了舞蹈,在地板上感觉着老师打出的节拍跳舞。

她说:"夏果果,我知道你跟他很熟悉。以前我们上一所学校时总是看见你们在一起,你真的好幸福。"

我骑着单车,漫无目的地游荡在街上,头顶上飘落几片梧桐叶,已是深秋了。我给果果发了一条短信说:"喜欢上一个人真的有这么神经质吗?"

凌晨,我收到果果发来的短信,她说:"川贝,我失眠了。"

如果眼泪不记得

那一天，蒋小北将我狠狠地搂在怀里。如果说蒋小北第一次拥抱我是在与他牵手后的第三年，那么蒋小北第一次亲吻我是在与他拥抱后的下一秒。这个过程历时3年01秒。接下来的3年02秒我感觉到真的就离不开蒋小北了，我发誓是一生一世。

我曾说："夏纪年，我喜欢写着别人的故事流着自己的泪。"因为有种得不到你的心痛。

那一句话似乎是在6年前说的，说得很悲情。

唯一确定的是我说那句话的时候夏纪年耳朵里塞着耳机并挥动着手中的画笔,在水彩纸上铺着大片大片的蓝色。

我知道,这句话对于他来说没有任何意义。

6年后,蒋小北说:"仇小小,我喜欢看你写的故事,可是流的却是自己的泪。"

耳塞里响着王菲的《棋子》,可分明听得见蒋小北每个字清晰的发音。

我能强烈地感觉到这句话似曾相识。蒋小北的眼睛灼热得令我不敢正视他专注的表情。我将头低下,不是在回避,而是在流泪,我想,我是被感动了。眼睛始终盯着蒋小北去深圳时送给我的那双红色高跟凉鞋。

我注定要为这偶然的一句话动荡所有的往事。将时光倒转到六年前的那个盛夏。在那个有着巴洛克式建筑风格的校园——S中。

那时的我15岁,喜欢穿蓝色的百褶裙,留披肩的长发,卡粉红色的发卡,像所有女生一样有着自己喜欢的男生。

是的,我知道我并不漂亮,甚至丑陋。那取决于我左脸耳垂以下部位占据三分之一皮肤的那颗硕大的朱砂痣。我几乎用长发将它掩遮得天衣无缝。所以我会竭尽全力地把自己打扮得漂漂亮亮,看上去不至于那么丑陋。即便我再怎么努力,可内心却空得可以装下一座城,我知道唯独夏纪年可以满满当当地占据这座城。

我与他隔着三个台阶的距离,不敢再靠近,只是低着头双手提起裙子,露出我白皙的小腿,像一个做错事的孩子战战兢兢地从他身边走过,那是高一开学的第一次正式上课。

他笔直地站在讲台上用不太标准的普通话自我介绍,夹杂着浓厚的广东口音。

"我叫夏纪年。夏天的夏,纪念的纪,年华的年。"

他的嘴角向上扬起。阳光透过玻璃窗温柔地打在他的脸上,即便是夏天,也温暖得恰到好处。

蒋小北说:"小小,这是你的初恋吗?"在 S 大图书馆他捧着我刚写了一半的《如果眼泪不记得》。

我回过神来看着面前的蒋小北,突然有种想被他拥抱的感觉,哪怕只是很简单的一个动作。我知道,这个男子一直懂得如何爱我。

他说:"我想知道结局,可以吗?即便是小说。"

是的,我喜欢写小说,写不同的爱情。一直写到我右手握笔的大拇指与食指发麻,写到精疲力竭才愿意停止手中不停晃动的笔。在我笔下的女子无疑个个都是脱俗的美丽。唯独这次,我试着去揭开那一道还没有完全愈合的伤疤。第一次握笔写的是关于自己的故事,那种疼痛隐隐约约持续了整整 6 年。

还记得蒋小北曾对我说过:"也许你笔下出现得最频繁的,就是你想得到的。"

我对此深信不疑。

图书馆的人渐渐少去。我握住笔打算接着将这个故事写下去。旁边坐着蒋小北,一脸的期待。他用手抚摩着我那写了整整 8 页的稿纸。他说,翻阅的过程仿佛是在经历着我的过去。

我喜欢夏纪年。正如蒋小北所说的那样,我的小说里男主角的名字统统都是夏纪年。

就连一些稿纸的背面也不知道什么时候都写满了他的名字。可我只是暗恋他,满脑子都在幻想我们的爱情,只能用笔尖才能完成这虚无的爱情。我发誓要将我俩的爱情写得比任何人都风风火火,比任何人都轰轰烈烈,比任何人都圆圆满满。

可,到头来只是平淡得无从下手。

我开始接近他,在画室里终于说出了我蓄谋已久的那句话。那是在一节素描课上,橘黄色的灯光打在石膏像上显得有些暧昧。

我说:"夏纪年,可不可以借你的美工刀用下?"声音小得几乎只有我自己才能听得到。我承认这种方式很俗,就算是在小说里也早被写烂了,可是你要晓得,每一个爱情故事本身就很俗,却总是能打动人。我记得,那是我主动对夏纪年说的第一句话。

"什么?"

他取下耳塞笑着将头凑过来示意我再说一遍。就连他的笑容都是那么的青涩。他的眼睛眯成一条直线,直接牵扯到我左胸部某处神经的一丝疼痛。

就是因为他的一个笑容我幸福了一整天。我穿着蓝色的百褶裙像疯子一样在楼顶张开双臂转着圈,裙摆在空中划出美丽的弧度。那是我表达幸福的一种方式。我想,我真的喜欢上了夏纪年。

所有的人都知道夏纪年喜欢选择大卫四分之三的侧面进行描绘,

他说，那是他最容易把握的角度。于是我坐在以大卫为中心，以夏纪年为对称点的另一端，只是为了更理所当然地偷看他。我承认我是个不折不扣的花痴。

我开始写日记，并以小说的方式叙述。"夏纪年"这三个字在我的笔下出现得极其频繁，我甚至不愿意用"他"来代替这三个字。我像一个导演反复揣摩着这个故事的每一处细节，并回味着，一副幸福的模样。

"不要脸。"一道刺耳的声音从我右边传入。

我被这突兀的三个字砸得目瞪口呆，竟忘了身边一直坐着的孙美丽。她不屑地将目光从我的日记本上收回，慢条斯理地从书包里拿出她与夏纪年的一张亲密照，像是向我正式宣布，夏纪年的女朋友就是她，或者孙美丽已经是夏纪年的女朋友。

我的同桌孙美丽正如她名字所诠释的那样美丽。她有天生的优越感。她可以蔑视任何一个从她跟前经过的女生，可以不在乎任何东西。我知道，唯独夏纪年除外。

我的脸在发烫，一种隐私被偷窥后的极其强烈的耻辱感。我迅速将日记本合上，起身离开教室，跑到楼顶将日记本撕得粉碎。我发誓我要忘记夏纪年。

手机整点报时，20点整。

我起身说："小北，走吧。"图书馆不知道什么时候开满了灯。

空位子早已坐满了学生。蒋小北拉着我的手一起走出校园大门。我仅仅只允许他牵我的手。因此只要是我们两个在一起时,他都会牵我的手。

我们来到堕落街烧烤店要了两根烤玉米,我吃辣椒,他不吃辣椒,一贯的模式。

他说:"小小,今天我吃你那根。"

他笑起来眼睛会眯成一条线,就像夏纪年一样。我喜欢单眼皮男生。

他说:"小小,我可以为了你吃辣椒。"

我说:"小北,我可以为了你不吃辣椒。"

"小小,我可以为了你忘记所有的一切。"

我很想说:"蒋小北,我可以为了你忘记所有的一切。"可是,我心里分明还装着一个人,根深蒂固。

"小北,我们去网吧看电影去。"我撇开了话题,拎着包走在前面。也许除了不能忘记夏纪年,我什么都可以忘记。

可我始终认为我和蒋小北可以因为彼此而改变一贯的原则,并快乐地生活在一起。

事实证明,我可以做到。

我在 S 大生活了将近 4 年。在第二年蒋小北才开始牵我的手。很简单,只是因为他喜欢看我写的故事。我们出没在堕落街各个娱乐场所以及大大小小的餐馆。春夏秋冬,差不多 3 个年头。

我说:"蒋小北,我真的离不开你了么?"

蒋小北在我身边打着网游里的魔兽。我开始接着写那个故事,像一个年迈的老人讲叙着辛酸的过往,又一脸的甜蜜。

我发过誓要忘记夏纪年,可我满脑子都是夏纪年。

我开始用铅笔在书本的任何空白处画夏纪年的侧面。

不知道从什么时候开始孙美丽对我产生明显的敌意。她在我面前炫耀一切与夏纪年有关的东西。其实她可以自信地对我不屑一顾,可她就是不允许我将夏纪年的名字写在日记本中。用她的话说就是:我不配。

在我以为我可以忘记夏纪年的时候,我经历了有史以来最漫长的一节美术课。

星期二的上午轮到我做模特,那一节课是人物头像素描。3个小时。我仿佛煎熬了3年。只知道夏纪年在我的右侧细致地描绘着。我有些不自在,眼睛始终不敢直视前方。

我以为一切都过去了。可当我回到教室时,一群人在黑板前迅速散开,腾出的是贴在黑板上的一张素描画像,上面的我暴露着我那致命的伤。那颗朱砂痣被夸张地显现在一张素描纸上,旁边用铅笔刻意写着三个大字"丑小小"。

我像是被人扒光了衣服赤裸裸地展现在众人面前。数十双眼睛火辣辣地刺向我。

我知道,孙美丽是罪魁祸首。

她高高地举起那张画,像是在宣传某种广告,招揽许多隔壁班的同学看这场像是被导演过的恶作剧。那个喜欢孙美丽的男生在一旁起哄。

在受不了孙美丽的冷嘲热讽后，最终我将一本厚厚的英汉词典朝她砸去。她闪开，"啪"的一声，右手重重地甩在我的左脸上。我歇斯底里地与她扭打起来，她扯住我的头发，我俩互不相让死死缠在一起，桌子与椅子都顺势噼里啪啦地倒下，我的校服顺着衣缝被撕开露出半个肩膀。此时围观的男生们开始发出嗷嗷的怪叫声和语意不明的讪笑，同时夹带了一些不入流的评语，"这丑八怪长得蛮白的啊，想不到啊。""原来她穿这样颜色的内衣。"我一把推开孙美丽的手，噘起嘴角狠狠地看着围观的男女，扯紧了衣服，我想如果她敢再惹我，我一定扯掉她的衣服。一定。

"好了，你们也闹够了吧。"孙美丽被夏纪年揽住，她的眼睛始终死死地盯着我。一件白色的耐克T恤随着声线的牵引披在了我的身上。本来觉得什么也无所谓的我，刹那就难受得喘不过气。夏纪年说："美丽，你们太过分了。"我闻着衣服里若隐若现属于夏纪年的味道，颤抖着身子，一瞬间我以为自己给夏纪年抱住了。虽然拥抱这个动作只会是属于梦里的一个片段。

就这样，那一场战争理所当然地以我惨烈的失败而告终。

我知道哪怕是被夏纪年同情，我也一定要穿上这件T恤，就算是穿给孙美丽看。

于是那天我穿着宽大的T恤与孙美丽并排站在教导主任的办公室，直到各自的家长到来。紧接着就演变成家长间的唇枪舌剑。那一天就在教导主任的调和下结束了，结果怎样我记得并不是很清楚，总之我与孙美丽不再是同桌。

我开始傻傻地笑，回到家将夏纪年的T恤洗得干干净净，晾在阳台的竹竿上，透过阳光，四周弥漫着洗衣粉的清香。我盯着那件在风中飘动的白色T恤足足3个小时。

我选择了在下晚自习时将T恤还给他，我想象着我会感激地扑入他的怀中。当然那只是想象。

那个晚上，画室里灯光依旧打在石膏像上，我坐在以大卫为中心、以夏纪年为对称点的另一端，好似将头靠在他的肩上，其实只是靠在他投在墙上的影子上，依然觉得踏实。

我对着正在听音乐的夏纪年说："夏纪年，我喜欢写着别人的故事流着自己的泪，因为有种得不到你的心痛。"

对，我是故意的，故意将那句话的声音放得很小很小，故意在他听音乐的时候说出那句话，即便对于他没有任何意义。

我真的以为自己可以忘记夏纪年，事实上在那场恶作剧事件后的第三天我就被家人要求转到了另一所中学，不再学画画。我还没来得及忘记一个人，就开始了新的生活。我依然写着小说，高一暑假时开始在杂志上陆续发表小说，可主角不再是夏纪年，我刻意去逃避那三个字。我在自己的文字世界里爱得死去活来。就是在那个时候，蒋小北作为一个最普通的读者开始关注我。高考结束后，他在QQ里发来信息说："仇小小，你想填报哪所大学？"

我回复说："S大。"

新生报到那一天，果真见到了蒋小北，他手握着一瓶矿泉水见到我后笑着说："原来你真的很漂亮啊。"

其实高一那年暑假我就去深圳为我左脸耳垂以下的皮肤做了激光手术。

蒋小北就这样闯进了S大，或者他原本就打算考进S大。只是与我专业不同罢了。

似乎在遇到蒋小北后，我与夏纪年的故事就这样结束了。我在以前的同学那里得知夏纪年与孙美丽考进了北方某个知名美院。而孙美丽顺理成章与夏纪年好到现在，并传言大学一毕业就准备结婚。

而我只是觉得，我真的应该到了忘记夏纪年的时候了。

蒋小北说："怎么不写了？"他看着我在11页最后一排最后一句话停止了往下写的动作。

他看完我已经写满11页的稿子，上面的字排得密密麻麻，我所有的回忆就值这么几千字。

我想，蒋小北要想完整地看完我写的这篇小说，可能要在某个知名杂志上了。

我坐在地板上发呆，蒋小北躺在沙发上翻着某时尚杂志，参考该送我一条怎样的裙子，而且要是蓝色的格子裙。他说："小小，希望你第一天上班能穿上它。"

我在毕业那年很幸运地找了一份喜爱的工作，在一家时尚杂志社做编辑。

那一天,蒋小北将我狠狠地搂在怀里。如果说蒋小北第一次拥抱我是在与他牵手后的第三年,那么蒋小北第一次亲吻我是在与他拥抱后的下一秒。这个过程历时 3 年 01 秒。接下来的 3 年 02 秒我感觉到真的就离不开蒋小北了,我发誓是一生一世。

我踮起脚尖,闭上眼,头微微上仰,我的嘴唇在颤抖。我知道,我的初吻原本就应该属于蒋小北。

在工作 5 个月后我要做一个关于艺术的专题。我穿着蒋小北送给我的那条蓝色格子裙,去了那个有着巴洛克式建筑风格的 S 中,采访高一时的班主任,就在她的办公室。她对我一脸的感慨。我们谈及当年的一些事,她居然还清楚地记得那场恶作剧。

我自嘲地说:"我只不过是一只丑小鸭。"

老师笑了笑说:"其实你很漂亮,要不然孙美丽也不会那么在乎你。"

我感到惊讶,原以为那份爱只有我一个人知道,并小心地保存着。

她指着桌上的请柬说:"他俩这个星期日准备结婚了。"

我说:"听说了。"

我们来到画室时看到一群孩子们手握铅笔在素描纸上刷刷地画着。曾经属于这里的细节开始涌现。

画室里的画框中依旧放入历届学生的优秀作品,我将眼睛扫视到第二排时,看到了一张 8 开的素描头像,是一个女生四分之三的侧面。几秒钟后我确定那画像就是我。画的右下角用铅笔写着:夏纪年于 2001 年 6 月 5 日。

"可不可以将这张素描送给我？"我转过头看向身旁一脸慈祥的老师。

她微笑着将画框从墙上取下，小心地抽出那一张泛黄的素描画像，交到我手中。我用随身携带的时尚杂志将画夹好放入包中。

临走前老师叫住我说："仇小小，你真的很漂亮。"我只是微笑着，更多的是感激。

我开始回忆。在结束那一节漫长的美术课后，我第二个冲进洗手间用冷水冲洗我那张灼热的脸。在夏纪年面前我永远都是紧张得不知所措。事实上第二天晚上我不过将夏纪年的 T 恤叠得整整齐齐，来到画室放在他身边的凳子上，很想和他说一声再见。因为我第二天就要离开这里了。

在离开 S 中时，一切手续办得都很匆忙。那一个晚上在画室就是对夏纪年最后的回忆。

原来我已不记得夏纪年的样子很多年了。

我坐在回杂志社的公车上，拿出那本时尚杂志抽出素描画像，每一道笔触清晰得如同我对他的记忆，深深地刻在时光的另一端，保留着最原始的质感。

我用指尖抚摸着纸张的边角感觉到一阵锥心的刺痛，无意间在画的背面发现一排用铅笔写下的字。在我清楚地看到那是什么的同时，将脸紧紧地贴在车窗上，眼泪止不住地流。

PART FOUR 如果眼泪不记得 / 217

即便很多人都不知道这个女子在那一刻到底因什么而失声痛哭——

"对不起,仇小小,其实我与你一直在同一个故事里流着各自的泪。"

路漫漫

当腊梅花盛开时,路简欢说要给我一个惊喜。我觉得没有一个惊喜比得上他对我说"我爱你"这三个字。

"路漫漫其修远兮,吾将上下而求索。"

屈原的这句诗,再怎么理解也无关爱情。

可偏偏,仇秦宝将它刻在课桌上,要誓死捍卫他的爱情宣言。他理解的意思自然与别人不同。当初他被老师点名站起来解释这句诗的意思时,他想都没有想便说:"那是追逐爱情的一种锲而不舍的精神。"

所有的人都在笑他，除了我。因为只有我才知道，他说的爱情是关于谁。

一

一切故事都得从我的名字说起。我叫路漫漫，长辈当年为我取这样一个名字时，灵感一定是来自于屈原的《离骚》。确实，那是一个很诗意的名字，但起初我并不喜欢，因为一旦有人得知我的名字后，第一句话就是将"路漫漫其修远兮"这句诗背出来。久而久之，我听得有些厌烦。不得不承认，这句诗真的很出名。就连对诗词一窍不通的仇秦宝也可以滚瓜烂熟的背出来。

他说："路漫漫，做我的女朋友吧。"我一直觉得他有点儿死皮赖脸。

高中三年我曾拒绝过仇秦宝三次。而这一次，也就是第四次的时候便接受了他。我觉得没有谁对我的好比仇秦宝更坚持。就算是路简欢上次将他推到墙角狠狠地揍了他一顿也没能阻止他对我的好。

那次仇秦宝的门牙掉了一颗，他将它从地上捡起来拿到水龙头下冲了一遍又一遍，最后走到我面前说："送给你。"

那个时候我就觉得仇秦宝特傻。

后来仇秦宝说："如果当年送给你的不是牙齿而是一颗钻石，你会答应嫁给我吗?"

  我不记得我是怎么回答的,唯一记得的是说这句话时我们在火车上。那是高考后的暑假,仇秦宝像拐卖无知少女一样将我带到 M 城玩了一夜。他原本说:"路漫漫,我们只是去坐坐火车。那样才可以远离烦恼。"

  于是我将头靠在仇秦宝的肩膀上闭上眼睛想象着自己已经离开了家,这一觉睡到晚上 7 点,等醒来后吓得直流眼泪。我说:"仇秦宝你个王八蛋,你是要把我带到哪里去?"

  他耸耸肩强词夺理地说:"你刚才不是说要离家出走吗?现在你正在离家出走的路上。"

  我差点儿忘记了前几个小时所发生的事情,当时的我非常生气地将家里的木门甩上后很无助地打电话找到仇秦宝。我说:"仇秦宝,带我离开这里,只要不在这个城市,哪里都可以。"

  我确定当时只是说说气话。可没想到仇秦宝竟然真的就带着我离开了。火车缓缓停下时,我们置身在一个陌生的城市。那个盛夏的风很凉,我不自觉地向仇秦宝靠近,第一次意识到,如果没有了他,此时一定会感觉到孤独与无助。

  那个晚上,我与仇秦宝将手机调成静音,找了一家网吧打了一通宵的网游。凌晨两点仇秦宝给我端来一碗泡面说:"你还是与其他的女孩不同的。"我说:"不同在哪里?"他说:"不同点在于你不会像她们一样在网吧看一晚上又臭又长的韩剧。"然后,我就一个劲地笑,笑仇秦宝打游戏时那专注的表情。不过,确定有点儿帅。

  仇秦宝在线刷喇叭,他要当着整个服务器的人向我表白,他说:

"路漫漫,做我女朋友好不好,好不好?"

后来想想我对着显示器猛点头的样子其实也挺傻的。

二

起初,我不答应仇秦宝做他女朋友的一个重要原因是因为路简欢。

我不知道路简欢是怎么找来 M 城的,而且很准确地在火车站附近的一家网吧将我与仇秦宝找到。他当时二话没说就给了仇秦宝一拳头,砸在他的左脸上,然后拉着我就去买返程的火车票。

路简欢说:"路漫漫,我们回家。"

我回过头看见仇秦宝穿着黑色 T 恤站在人群中朝我挥手。当我将手机开机时显示 32 个未接来电,全部是路简欢打来的。一路上,路简欢对我离家离出走的事只字不提,他知道我没有那个胆子做出这样离谱的事情,认定这一切全是仇秦宝一手策划的。

路简欢说:"你还在生我的气吗?"

我低头给仇秦宝发短信。路简欢再也没有说什么,一直沉默了 3 个小时。我知道,在这个世界上路简欢是我唯一的亲人,准确的来说是我唯一的监护人。我们不可以彼此伤害。

我曾很明确地告诉过路简欢我不会去上大学,我要去工作,不能再蜗居在这个 20 平方米不到的屋子里,我想拥有自己的房间和更私人的空间。

路简欢坐在床上抽烟,半天不说话。20 岁的路简欢有着同龄人没有的沧桑感。他喜欢用一贯的沉默来思考棘手的问题。最后他将声音压得很低很低，他说："路漫漫，如果你不去上大学，将来就会像我这样没出息。我们的人生就彻彻底底地完了。"

听到这句话，我的眼泪立马夺眶而出，努力不再发出声音。因为路简欢说过，我们再苦再累再怎么委屈也不要流下眼泪。可是，我做不到。我曾发誓要让路简欢过上好日子，因为他为了我付出了很多很多。

在我13岁那年，路简欢15岁。他带着我在这个城市里生活，无论再如何艰难也会让我衣食无忧。我们住在一个不到20平米的单间里，洗手间与他人在过道里共用。路简欢到二手市场淘来简单的家具，再找到一块布帘将房间隔开。他常年睡沙发，我睡床。这样的生活方式一直持续了5年。

路简欢说："路漫漫，等我有了钱，就让你有自己的房间。"那个时候，路简欢到饭馆当过服务生，在路边摆过小摊儿，去工地做过搬运工。总之，只要能赚钱的工作他都愿意去尝试。

所以，我不会再让路简欢承担我高额的学费。

三

在夏天即将结束时，我告诉路简欢我谈恋爱了。他没有说话，仍旧是一贯的沉默。

仇秦宝在9月初来与我道别，他耸耸肩做鬼脸逗我开心。他说：

"路漫漫,你不用舍不得我。"

我便真的笑了,笑仇秦宝自作多情,谁会舍不得他?我知道仇秦宝要去北方上大学,以他的学习成绩要花很多钱才能上的大学。

仇秦宝告诉我他如果去上大学,他的爸爸就会每月给他很多生活费。我知道仇秦宝说的生活费每月至少是 5 位数字。那几乎是我与路简欢一年的生活费。

我又一次嘲笑仇秦宝是富二代,迟早会垮掉的。

路简欢也通常骂仇秦宝仗着家里有几个臭钱就到处乱泡妞。在路简欢没回来之前,仇秦宝就赶快离开了,他临走之前塞在我手上一张银行卡。

路简欢回来时我还站在原地发呆,不知道怎么处理手上的这张银行卡,索性在他没有发现之前就放进了口袋里。路简欢买回许多蔬菜和两瓶啤酒。他说今天我们得好好庆祝一下。

路简欢告诉我他让老板预支了下个月的工资,再加上之前存的一些钱,足够我第一学期的学费了,生活费他会再去想办法。

路简欢当我什么也没有说过,他像一个长辈一样强势地对我好。

我依旧沉默,低着头吃路简欢为我做的手撕包菜。路简欢说:"路漫漫,赶快去洗洗脸,辣椒吃多了眼睛都红了。"

在我 13 岁那年,路简欢就发誓要养活我,无论如何他不会让我俩再分开。17 岁时他用一个月的工资为我买了一部手机,他说:"路漫漫,这样我就可以随时找到你了。"

四

9月初，我拿着入学通知书和路简欢塞给我的4200块钱坐火车去了南方的一个小城上大学。路简欢说："我要工作，就不送你了。"我知道，他是为了节省点儿路费给我作为生活费。

上火车之前，我看见了路院长，这是5年来我们第二次见面。第一次，是我上高中时路简欢请他来为我办理入学手续。

这一次路院长给了我一个牛皮纸信封，里面除了我的个人档案，还有5000块钱。钱在我下火车之后我就奔向邮局寄回了孤儿院。

那些恩惠对于我来说已经不重要了，即便路院长在信里很明确地讲到这些钱是我的亲生父母当年留给我的。可是，我不需要，就像他们当年不需要我一样。

我两岁开始就与路简欢住在孤儿院。我被家人抛弃的原因至今不详。而路简欢被抛弃的原因是因为他患有先天性心脏病。

我俩一起生活了将近10年，之后我又被一对年轻夫妇收养，当时路简欢跪在路院长面前请求他不要让任何人将我带走。路院长说："漫漫会幸福。你应该祝福她。"路简欢那个时候认为我离开了他就是不幸福。我想起那时路简欢紧跟在小车后面奔跑的样子，他边跑，嘴里边叫着我的名字。他倔强地跑了三条街，直到他明白我真的离他远去了。

在之后的几个月，路简欢也曾被不同家庭收养过，他都想方设法让养父养母讨厌他，然后逃出来。我去了一个还算比较富裕的家庭，他们的家有花园，也有秋千，这是我儿时的梦想，那个想让我叫她妈妈的女人对我很好,给我买漂亮的衣服,做好吃的甜品,但我并不领情,当我再一次见到路简欢时,唯一的想法就是跟着他走。

后来,路简欢在得知我经常被养父猥亵时便毅然决然地将我带走了,他带我去了城市的另一个角落。我知道路简欢一直努力让我幸福。但他不知道,我想要的并不是一间属于自己的房间,而是一个可以拥抱我的男人。而路简欢,他做不到。

这些年,我一直隐瞒了一个事实,在我 15 岁那年夏天,我从睡梦中惊醒,路简欢听见我的惊叫声后,打开电灯,紧紧地抱住我,他说:"不用怕,不用怕,有我在。"我倒在路简欢的怀里,感受他带给我仅有的安全感,哪怕当时的他也只是单薄的身躯。我看着路简欢英俊的面孔,呼吸变得有些急促。我闭上眼睛说:"吻我吧。"路简欢的双手开始颤抖,他最终将我推开,一声不吭地回到沙发上躺下。

事实上在我与仇秦宝离家出走的时候,我并不是因为他将我带到一个陌生地方因害怕而流下眼泪,而是因为路简欢,我爱他。在我拥抱住他时,他用力地推开了我,他说:"漫漫,你不可以这样。"

我不想离开他,自从他将我带回家后,我就没有打算再离开他。可是,他并不爱我。

五

黄青橙打电话告诉我仇秦宝死了时,我站在大街上失声痛哭,谁也不知道在我身上发生了什么悲伤的事情。第二天我请了一天假，半死不活地躺在床上。

我最终没能见到仇秦宝最后一面。听黄青橙说路简欢代表我去参加了他的葬礼。她告诉我仇秦宝在去学校报道的前一天与他爸爸吵了一架。晚上在高速公路上飙车，由于速度过快撞上了一辆大卡车。

那段时间我一直以为仇秦宝只是与我短暂的告别，他还会出现在我的生活里。直到4年后，他仍然没有出现，我才严重地意识到，仇秦宝真的离开我了，他再也回不到我身边。

我也试过在游戏里刷喇叭呼叫仇秦宝。可是，他真的不在了。

在X城的4年里，我很想念仇秦宝。只是想念，我知道那并不是爱。

毕业后的一个月，路简欢来到X城接我回家，顺便给我看一样东西。

我把路简欢带到学校附近的小咖啡屋坐了一个下午，他最后将一沓信放在我面前，全是仇秦宝写给我的，一共23封。我坐在咖啡屋静静地看了两个多小时。我不知道仇秦宝从高一开始就给我写过信。这些信路简欢一直帮我保管。我更不知道仇秦宝与路简欢其实很早就认识。

路简欢边喝咖啡边给我讲述了一个很久远的故事，是关于他和仇秦宝的。在孤儿院时，仇秦宝和路简欢从小就是很要好的玩伴，那时仇秦宝经常被小朋友欺负，路简欢总是为他出头。每次打完架他俩就会去小卖部买一根冰棒庆祝，然后坐在围墙上一人吃一半。

后来一个做房地产的男人将仇秦宝收养。据路院长说，起初男人本来是打算收养路简欢的，因为最后了解到他有先天性心脏病就转而收养仇秦宝。由于当时我的年纪很小，对这一切基本没有印象。

路简欢还说，那年仇秦宝带着我离家出走，一路上也是仇秦宝在发信息通知的他，他才会这么顺利地在网吧找到了我们。

路简欢说他不想仇秦宝再一次从他手中夺走任何东西。

我说："路简欢，可是你并不爱我。"

路简欢继续沉默，一如当初。

我记起 5 年前那个潮湿的夜晚，窗外下着暴雨，我看见路简欢蜷缩在沙发上，他的胸痛得厉害，身体不停地颤抖，他将嘴唇咬得惨白，他不想让自己发出痛苦的声音。我下床，掀起布帘走近沙发，躺在路简欢的身旁，从背后紧紧地抱住他。我说："路简欢，我多么想让自己来承受你此刻所有的疼痛。"

路简欢只是紧紧地拥抱住我，痛得什么话也说不出来。

六

从此我便离开了生活过 4 年的 X 城。

当我们下火车回到那个 20 平米还不到的房间时，路简欢帮我把行李整理好后为我换好新的床单，然后告诉我黄青橙约我们晚上去吃西餐。关于黄青橙，高中时代我唯一的闺密，曾经不知道什么原因我们疏远过一段时间。后来她在偶尔一次遇见路简欢后，偷偷告诉我她要升级做我的嫂子。当然，那是个玩笑话，黄青橙才不会与一个一无所有的孤儿结婚。

晚上7点，黄青橙早已在西餐厅等候，4年没见，她依旧很漂亮。我们从高中的一些趣事聊到现在，偶尔整个气氛会安静几分钟，最终还是我打破沉静，提起了仇秦宝。

不知道那天晚上是谁提出想喝酒，黄青橙嫌红酒不够烈。她是出了名的千杯不倒。我们三个人一起去高中附近的烧烤店，要了二斤白酒。

黄青橙拿起酒杯对着路简欢说："想不到那天也能碰见你。"我知道她说的是在仇秦宝葬礼的那一天。

"干杯。"黄青橙一口干掉一杯，接着往自己杯子里添酒。她像是今天要跟路简欢喝个不醉不归。

黄青橙接着说："葬礼上想不到你一个大老爷们儿哭得比谁都伤心。呵呵，放心，只有我一个人注意到了。"

路简欢始终没有说话，他似乎忘记了自己不能喝太多的酒。我在喝完半杯酒后就感觉头像灌了铅似的，拿筷子的力气都没有。我说："不行了，你们让我趴一会儿。"

醒来的时候我躺在自己的床上，已经是第二天早晨，路简欢早已上班去了。我打电话给黄青橙约好下午一起去看仇秦宝。

我们见面时来了一个大大的拥抱，像是昨天有路简欢在显得有些约束。我说："黄青橙，你还喜欢路简欢么？"

她笑着说："我不喜欢很冷的人，路简欢从来都没有笑过。仇秦宝笑起来是那么的迷人。可是他喜欢的是你。"

"可是我并没有真正地喜欢过他。"我接着说。

我们好像都在喜欢着一个并不可能爱上自己的人，同时又满怀期待地等着有一天他们会回心转意。

那天，我站在仇秦宝的坟前发了一个下午的呆。黄青橙在一旁说："仇秦宝，请你一定要原谅我，在高一时你写给路漫漫的情书，我并没有转交给她，等回到家后将它撕了个粉碎。路漫漫，你也能原谅我吗？"

现在看来，我并不怪黄青橙，如果是以前我一定会觉得她很可怜。如今的我何尝不是如此？

七

当腊梅花盛开时，路简欢说要给我一个惊喜。我觉得没有一个惊喜比得上他对我说"我爱你"这三个字。

路简欢故作神秘地把我带到一个小区，然后指着眼前的一片楼宇说："漂亮吗？"我大概知道了路简欢想给我的是一个怎样的惊喜。路简欢用手指着B栋说："喏，以后第三层就是我们的家了。"

这个房子的主人是一对退休老人，他们打算回乡下养老，便宜将屋子租给我们。我立马打电话叫黄青橙来帮忙搬家。

黄青橙说她要出嫁了，嫁给一个自己并不爱的男人，这个男人唯一能给她的就是物质上的满足，但她还是会感觉到幸福。那个藏在她心底的人已经不在了，一切都变得无所谓。

那天夜里,我和黄青橙在电话里一直聊到凌晨 2 点,她最后问我:"路漫漫,你现在最想拥有的是什么?"我说:"我并不想再拥有什么,唯一害怕的是失去路简欢,终究有一天他会娶妻生子。"

那年初冬,路简欢给我买来一顶棉帽,他将它戴在我的头上,然后用双手捏了捏我的脸,有轻微的刺痛感,我能感觉到他手心的茧,但那种感觉对于我是无比的温暖。

路简欢要带我去见一个叫梅嘉鱼的女孩。这是他第三次带我去见他喜欢的女孩。而这一次,我点了点头说:"看得出来,梅嘉鱼是一个好姑娘。"那一刻,路简欢笑了,我从来都没有见过路简欢笑得这么开心。我知道在此之前他将所有的精力都放在我一个人身上,如今是轮到他拥有自己的幸福的时候了。

八

黄青橙结婚的那一天我去做伴娘,我对她说:"你说得对,路简欢至少可以一直在我身边,不会离去。哪怕最终不是与我白头到老。"那时,我并不怎么难过,只是有那么一瞬间很想念仇秦宝。

这个冬天,我在邻城找到一份还不错的工作,之后就从路简欢那里搬了出来,很自然地梅嘉鱼紧接着搬了进去。

梅嘉鱼对我很好,她还送给我一个很好看的拉杆箱,里面可以装下我所有喜欢的东西。事实上也没有几样东西,无非是小时候过生日时路简欢送给我的几个公仔。

我说:"路简欢,既然你不能爱上我,我就离你远远的。"说这句话时,我假装释怀地哈哈大笑。

我知道,再如何不舍得,我也得离开。

匆匆，那少年

她试过三次，已经整理好衣服准备离开，最后却还是坐在我床边偷偷地哭泣。就在第四次，她等到我熟睡后说完一堆莫名其妙的话就离开了，离开之前她用手指拨开我前额的发丝，然后亲吻我的额头。那一瞬间我想叫住她，可是我的喉咙却怎么也发不出声音。

一

我嫉妒过晏节节长长的眼睫毛、高高的鼻子，还有大大的眼睛。

他是一个漂亮的孩子,走在街上都会有大人忍不住去摸他的脸。

只有在学校里晏节节的脸是用来抽的,据我所知,他每个星期都会上交零花钱给高年级的小混混作为"保护费"。但这三年来他的钱上交得特别冤枉,丝毫没有起到任何作用,相反,欺负他的同学越来越多,从开始的几个到后来的一群,并且那个"一群"一直在壮大。

我生平第一次打架就是拿着一个板凳毫不犹豫地砸向他,由于动作笨拙,在反作用力下,板凳反弹了回来,一不小心将自己的鼻子撞破了。

我想象过我会很拉风的跟班主任顶嘴,但结果我只是低着头站在办公室旁窄窄的走道里,我生怕晏节节会失血过多而死。

这时晏节节用卫生纸揉成两个小纸团塞进我的鼻孔里说:"这样可以止血。"

爸爸在不停地跟人道歉。原本以为自己受伤了或许可以避免对方家长过多的纠缠,至少我也算是一个受害者。相反,晏节节的妈妈一边心疼地用手摸着儿子的脑袋,一边用眼睛恶狠狠地瞪着我,还同时讲出一些难听的话。

我抬起头反击晏节节的妈妈时只是因为她骂我没娘教养。我觉得特憋屈,于是斜眼怒视面前的女人。

"狐狸精。"我仅仅只是发自本能地反驳,但随后就被爸爸拉回家后一顿毒打,当厚厚的硬质橡胶鞋底抽打在我的屁股上时,我的眼睛死死地盯着客厅里挂在墙壁上的全家福。

"妈妈看见你这样打我会心疼的。"妈妈正面带微笑地看着我,而我怎么可以哭。

爸爸的手倏然停留在了半空中,僵持一会儿,皮鞋掉落在地板上,然后他说:"痛就哭出来吧。"我知道我哭出声后爸爸的心里会好受些。我要让他难过,他打我时我连牙齿都懒得咬一下。我会很坚强,就像晏节节被我打得死去活来,也依旧会露出洁白的牙齿傻笑一样。

一阵折腾后,我趴在沙发上看《焦点访谈》,爸爸是从《新闻联播》开始抽我的。他从医院回来后告诉我晏节节的头缝了8针,然后一边抽烟,一边放狠话要把我打死。

他差一点就把我给打死了,153下,我数得一清二楚。

二

从那以后将近一个星期我是趴着生活的,有一种奄奄一息的感觉。

晏节节来家里看我,他带来膏药打算帮我贴在屁股上。我叫他滚,越远越好。他并没有滚,还帮我端茶送水,洗衣拖地,我觉得有那么一个漂亮的男生为我做这些粗活儿,我会折寿的。我说:"我原谅你了,你走吧。"可他坚决要留下。

晏节节说:"你死了怎么办?"我说:"你放心,我不会为那么一丁点儿小事自杀的。"

他说:"我要待到你能坐起来为止。"也许他应该为他所做的蠢事负责。

我用椅子劈晏节节的脑袋是因为他亲了我。

他们说只要晏节节敢亲付青秋就再也不欺负他。晏节节是那种很怕事的孩子。只要不让他打架,做什么他都愿意,哪怕是挨打。

于是他抹了抹嘴唇就真的亲了我。我摸椅子时,晏节节并没有想逃跑的意思,而是咬紧牙齿说:"你动手吧。"他摆出一副视死如归的模样。

我立马将凳子砸到了晏节节的头上,周围的同学都吓得目瞪口呆,女生们像一只只惊慌失措的小鹿尖叫着四处乱窜。直到看见鲜血顺着晏节节的小平头缓缓流向耳根后,我才意识到事情的严重性,手不自主地颤抖起来。可是晏节节却露出洁白的牙齿贼贼地笑着说:"从此再也不会有同学欺负我们了。"

我们?直到如今我仍不明白晏节节所说的"我们"是不是指我与他。我觉得晏节节是个傻子,他除了长得好看,似乎没有其他的优点。

晏节节就是在亲了我之后的一个星期后转校了。

在大人面前谁都没有提及晏节节亲我的事。我一再沉默。在我难以启齿的情况下,几乎所有的大人都一致认为我是没娘教养的孩子。

班主任主动找上门来对爸爸很直接地说:"您把付青秋领回去吧,她无可救药。"不管爸爸再怎么给校长送礼,他们还是不肯收留我。

事实上我很早就想要离开这所学校。我知道有史以来体重过于偏重的女生终究会成为男同学欺负的对象。而老实巴交的晏节节与我一样,被视为大众嘲笑与戏弄的对象。

三

15岁之前的夏天,我总是身着超大码的校服,提着塑料饭盒站在操场上,显得尤其引人注目。在做完广播体操的跳跃运动后我明显感到自己被束缚在一个狭小而潮湿的空间。

我的赘肉被紧身的校服箍成一圈一圈的,随着节奏一上一下地跳动。所以我众多外号中的其中一个就被叫做"肉跳跳"。晏节节说这个外号听起来很可爱。

第一次有男生用"可爱"来形容我。我却用"营养不良"来形容他,因为他有着天生的黄头发。

我从小就一直这么嘲笑晏节节,但他从来都不生气。

晏节节是我的发小,我是唯一一个见证过他成长历史的人,他从小就老被人欺负。印象深刻的是在上幼儿园大班时,我们一群小朋友玩沙堆时,一个瘦得跟猴子似的男生将晏节节给埋了,他当时差点儿窒息而死。所有的小朋友都围上去看热闹。这时晏节节哭喊着我的名字:"付青秋,付青秋。"于是我拨开人群将他从沙坑里拉起来,还帮他脱掉外套,抖出一地细沙子。他说:"付青秋,千万不要告诉老师和我妈妈。"我点点头让他请我吃冰棒。他便从兜儿里掏出5毛钱为我买了一支雪糕,之后我们坐在小卖部里一起看《大力水手》。

晏节节说他想有一天变成大力水手,想打谁就打谁。

四

我最终离开了那个差不多生活了 3 年的中学。不到半年就去了一所只要交钱就能上的私立贵族中学。我记得在交学费那几天,爸爸低声下气地四处打电话找人借钱时我躲在被子里笑。

我还跟爸爸说我要穿上漂亮的衣服才愿意去上学,他默默地满足了我许多无理的要求。我总是说:"妈妈在看着我呢。"后来爸爸就干脆将挂在客厅墙壁上的那张全家福取下来扔进柜子里面。

爸爸将所有的钱凑齐后开学已经两天了。学校通知第三天开始封闭式军训。

我的第一个念头就想到了——逃。

结果那天一大早我就钻进了有着橄榄绿色的大篷军车,爸爸将叠得跟方块豆腐似的棉被递给我。

为了不参加这次军训,我装过病,甚至还撒谎说爸爸病得不行了。当第二天我被爸爸连拖带拉地拽到学校大门口时,我不好意思抬头看班主任的眼睛。

我们即将抵达 W 部队进行为期 7 天的魔鬼式训练。看得出来,大多数人都处在一种极度兴奋的状态,完全忘记了自己是去受苦受难的。

正当我琢磨着如何从半路逃离这个鬼地方时,从身后传来一个男生的声音。

"付青秋。"

我转动着脑袋，仔细辨认声音的方位，车内嘈杂不堪，我以为是幻觉，于是继续琢磨，这时感觉有人从身后扯我的头发。

"是谁？"

我猛地一回头，便看到了一张熟悉的脸，他对着我吐舌头做鬼脸，叫我"肉跳跳"。我看看周围，瞬时面红耳赤，觉得特别丢人。是舒行，我的初中同学，也是经常欺负我的男生之一。

"你怎么瘦成这样了？一点都不习惯。"

听这语气好像变瘦对于我而言是一种错误。舒行侧过身子，推了推身旁的一个男生。那个男生有些不耐烦地抬起头瞄了我一眼，然后又恢复到刚才的姿势。

当我看到他头上顶着一堆潦草的黄头发时就笑了，笑得眼睛都红了。

晏节节说："你没以前可爱了。"

晏节节的发型现在看起来特别时尚，但他已经不是以前的晏节节了，比如他现在开始留长发，还与舒行混在一起了，那个曾经怂恿晏节节亲我的主谋。

我不计前嫌地问舒行的近况，还拿出零食分给他吃。半个小时内我吃光了原本计划一个星期吃完的所有零食，突然有种想恢复肥胖的冲动。

我想问晏节节这半年死到哪里去了。那段时间我改变的不光是体重，我还懂得了该如何去思念一个人。暑假那会儿我几乎每天都会到院子门口的石椅上坐上半天。守门的大伯说我真是个奇怪的孩子,看着阴霾的天空居然还能流下眼泪。

五

一个小时后,爸爸开着车出现在 W 部队的大门口,他按下车窗,在老远便向我挥手。

我们一个接一个地从车上跳下来,然后很快就站成了一个大方队。

教官示意我可以离开一会儿。我慢吞吞地走到大门前,从爸爸的手中接过一个纸袋,里面装着两件外套。

"过几天会大幅度降温,你忘记带衣裳了。"

我"嗯"了一声就朝方队走去,我觉得那件长袖迷彩服够保暖了。

就在转身离开时,我透过车窗看到了一个熟悉的女人。她是爸爸的领导、晏节节的妈妈。爸爸在单位里一直为她开车。我记得小时候爸爸曾经开车送过我和晏节节一同上学,还让很多小朋友羡慕不已。我会很骄傲地跟他们讲那是我爸爸的车。晏节节说那也是他爸爸的车。我就会说他不要脸。

晏节节的妈妈一直是一个强势的女人,她不喜性格刚烈的男人。就像晏节节的爸爸,她从来都不让晏节节靠近他。

就在爸爸开车离开时,我突然想起了妈妈。她在离开这个家之前嘱咐我要听爸爸的话。

一直以来我都没有听妈妈的话,包括她同我最后讲到的那句话:"跟爸爸好好生活。"然后她就离开了,离开了 S 城。她与另一个男人去了 W 城,即便她并不爱那个男人,或者说她一直爱着爸爸。

爸爸开车离开时,我看到晏节节的身旁同样多出一堆衣服。
晚上 8 点,我收到一条短信。
"你还恨我妈妈吗?"
我知道是晏节节。
"我只恨我爸爸。"
我将号码保存,然后关机,睡在 10 人间的宿舍内。闭上眼睛,我想起了 4 年前的一天夜里,当我放学回家时,我看见妈妈和爸爸还有晏节节的妈妈在客厅里吵架,场面十分混乱。

我当时吓哭了,不知道到底生了什么事,但从那天开始,妈妈下定决心离开这个家。她试过三次,已经整理好衣服准备离开,最后却还是坐在我床边偷偷地哭泣。就在第四次,她等到我熟睡后说完一堆莫名其妙的话就离开了,离开之前她用手指拨开我前额的发丝然后亲吻我的额头。那一瞬间我想叫住她,可是我的喉咙怎么也发不出声音。

六

我们顶着烈日在部队宽大的操场上听口令站军姿。
我第一次觉得晏节节他穿着迷彩服的样子特别帅,我隔着两个方队伸长脖子看他。就在那时,有两个女生和一个男生在太阳底下站了不到一个小时便倒下了。我开始感到畏惧。

我决定当一个逃兵,我受够了这里的规章制度,连上厕所都不得超过3分钟。于是等到夜里9点,我偷偷起床将被子叠好,猫着腰悄悄地走出宿舍,来到围墙边,用很大的力气才将被子和背包甩到围墙外。我准备爬上墙离开这里,只要是离开。

这个时候我听见围墙的另一边有动静,便立刻屏住呼吸。隐约能看见围墙上有一个晃动的身影,突然我感觉到被一阵强光包围住,我几乎睁不开眼。数名教官像追捕逃犯一般用手电筒将晏节节与我锁定。

直到第二天早上,我与晏节节站在太阳底下顶着水盆被罚站马步。

"你想当逃兵?"晏节节问。

"你不是一样?"我反问。

"我只是想送走舒行,他是真的病了,但没有人会相信。"

"你将水倒入我盆里吧。"说这句话时,晏节节看了看四周。

我突然打了个喷嚏,眼泪就出来了。

"你哭什么啊,才站了不到10分钟。"

我说我想家了。当我抬头看见晏节节额头上那道像蜈蚣一样的伤疤时便揪心的痛。

"还痛吗?"

他扑哧笑出声来:"都过去这么长时间了。"

我不知道接下来说什么,这时教官走过来接过我手中的脸盆说:"付青秋,有人找你。"

然后我很疑惑地看着晏节节,他点头示意我出去看看。我走了大约 10 分钟的路程才到达大门口，一个戴着墨镜、穿着高雅的女人站在一个西装革履的男人身旁。

我说："你来干什么？"

她摘下墨镜紧紧地握住我的手，开始抽泣。4 年了，我已经不记得这个女人的脸。

她说："青秋……"

我打断她的话。"我没有妈妈好多年了。"我讲出这句话是要刺痛那些曾经伤害过我的人。4 年前，她怎么忍心丢下一个正在熟睡的孩子？

我奔跑着，眼泪混杂着汗水顺着脸颊流淌而下，天空瞬间下起大雨。她最终没有等到我叫她一声妈妈，她甚至没有来得及看清我的脸，我就匆匆地离开了。我突然想一直被关在部队里，半时半刻都不想离开这里。

因为暴雨与降温，学校比预计提前两天结束了军训。这天正逢中秋节，我们三十几个女生与教官共吃一个月饼。我觉得这比所谓的亲情还要温暖。军训结束，我迟迟不想上车，像是一个无家可归的孩子。

爸爸打电话说一个小时后他去学校接我。

他帮我将先前带去的物品全部搬上车，一路上什么话也没说，他只是透过反光镜不时地看我几眼，像是有话讲，但始终没有找到合适的机会。

上楼后爸爸按响了门铃，他并没有像往常一样掏钥匙开门。开门的是妈妈，我一直在刻意回避她的眼神。

那天我们围在了一张餐桌上，吃完妈妈亲手做的晚饭，可我感觉不到幸福。

整个用餐过程只是偶尔能听见筷子触碰瓷餐具时发出的清脆声响。

"你向那女人借了多少钱？"妈妈的声音有些嘶哑。

爸爸依旧不语，不停地朝嘴里罐酒。

妈妈接着说："如果你说你与她没有什么关系，就把这些钱还给她。"妈妈将一张银行卡丢在爸爸的面前。

这时门铃响了，开门进来的是我前天在部队看到的那个西装革履的男人，他很有礼貌地对妈妈说："董事长，有个会议要开始了。"

妈妈便起身抓起外套，在离开之前她补充道："密码是我们的结婚纪念日。"

七

我告诉晏节节我妈妈回来了，我还吃了她亲手做的菜，不过没以前好吃了。

我与晏节节的距离隔着一个巨大的操场，我们站在两幢楼的走道里给彼此发短信。

原先我一直认为是爸爸气走了妈妈，现在我的想法有些改变了，也许这真的是一场误会。爸爸只是不善于解释。

晏节节说："你得相信你爸爸，还有我妈妈，你爸爸曾帮助过我们家。那个时候我们家里需要一个靠得住的男人。"

放学后我与晏节节约好一起回家。他说他已经不住院子里了，在半年前就搬走了。他一个人跟外婆住在一起，妈妈偶尔在周末来看他。

这时晏节节从牛仔裤的口袋里掏出一包烟说："不介意我抽根儿烟吧？"虽说有些意外，但我还是摇摇头说不介意。

晏节节说："我在逐渐变得强大起来，抽烟，喝酒，打架，只要是小混混应有的标签都可以贴到我的身上。"

我们边走边聊天，偶尔我从侧面看着晏节节的面孔，不再是漂亮，而是英俊。他说："你知道为什么我会一直受别人欺负吗？"

我摇头。

晏节节将烟掐灭，说："因为小时候妈妈说我跟别人打架她就不带我去见爸爸。"

"那现在呢？"

"我一直都没有动手打过架，别人欺负我时我一忍再忍，可是仍旧没有见到爸爸。最后我才知道他在我上幼儿园时就被执行了死刑。他就是因为打架把别人给杀了。"

我以为晏节节说到爸爸时会失落伤感。可是他像是在诉说别人的故事一般，很平静地讲述着他对于爸爸仅有的记忆。如今记忆漫漶，他早已记不起他爸爸的模样。

"我曾将你的爸爸当做过我的爸爸，他开车送我们去上学，还给我买来好吃的零食。"

"我也一直把你当成我的亲人，就像姐姐一样。"最后他补充道。

我说我没有这么帅气的弟弟。

所有的人都说晏节节在学校里横行霸道，是一个不折不扣的问题少年。他可以随时带着一帮人冲进我们教室对我说："付青秋快出去，我要打人。"

哪怕是我现在看见晏节节那打人的架势都有些畏惧。那一刻他变得陌生起来，他跟以往那些欺负过他的痞子没什么两样了。

说实话，晏节节打架的样子比任何时候都要帅。

八

S 城下雪时，我放了晏节节三次鸽子。理由是我要备战高考。

后来我直接跟晏节节说怕他连累到我，最好少跟我联系。于是我们真的就有半年没联系了，直到有一天我接到了晏节节打来的电话。

当时晏节节与一帮人在西街口的一家台球室打斯诺克，他打电话给我说："付青秋，这局打完了你再不来我就带着兄弟去找你。"

我并不是受到威胁才妥协的，只是好久没有见到晏节节，有些想念。

我出现在晏节节面前时手里还握着一本英语课本。我在暗示他我是好学生。在看着晏节节打完最后一个漂亮的 7 分球之后，我被不知不觉带到一条从来没有去过的街道，随之进入一个黑色主调的酒吧。我坐在他朋友中间显得格格不入，他们一个个穿着时尚。而我用手扯着土得掉渣的校裤坐立不安。其中一个漂亮的女生问晏节节我是谁，他介绍说我是他的发小。

似乎我更喜欢这个称呼。

然后她从包里取出一个礼物递给晏节节说生日快乐。所有的人都一拥而上纷纷拿出精美的礼品。我有些不知所措地说:"你生日？"

晏节节说:"不如将你这本英语书的笔记借我抄一下，我明天下午还给你。"晏节节还说他老早就想写封信给我，打算从他现在的小区寄到我们一起共同生活过15年的大院。可除了说"你还好吗，我还好"之类的话，他不知道接下来写什么，索性就一直没有写了。

我倒是希望他将来能给我写信，哪怕寄来的是一张白纸，我可以自由发挥想象。

这个时候我的手机响了，我跑出酒吧告诉爸爸我在回家的路上。我向晏节节挥手说:"我走了，生日快乐。"于是沿着街道步行了30分钟才回到家。

妈妈已经下定决心要从爸爸那里将我抢走，她可以给我创造更好的学习环境。我看了一眼坐在沙发上抽烟的爸爸，随后便跟妈妈出了家门。

在车内我告诉妈妈我离不开爸爸，已经习惯了这么多年跟他在一起。

妈妈说:"法官会将你判给我的。"

九

最终我带着行李去了妈妈的家。

去了不到 3 天，我死活都不愿意离开学校，我说都快高考了再转较对我有很大的影响，事实上是我舍不得晏节节。

妈妈让我答应将高二下学期读完就跟随她去 W 市生活。

晏节节说他会给我写信，他还说放暑假时会去看我。

那个时候我经常做同一个梦，我梦见晏节节拉着我的手在有着大片大片向日葵的田地里奔跑。在他叫我姐姐时我便惊醒了。

我被电话惊醒时是 2010 年 5 月 10 号凌晨 2 点，舒行打来电话告诉我晏节节因打架重伤他人，被关进 S 市劳教所了。我立马想起晏节节的爸爸。

我抓起校服打车到劳教所想见晏节节一面，却没有被允许探望，我在大门口大叫大闹。我说："你们把我也关进去吧，求求你们了。"

我哭了，哭得歇斯底里。

那段时日我只想见晏节节。

直到一个月后，我终于同他妈妈一起见到了晏节节，他把所有的时间都留给了我，那天我们说了好多话，从幼儿园说到高中，他说："我上幼儿园时就想象过我是大力水手而你就是那个可爱的奥利弗，只不过是胖版的奥利弗，哈哈。"

我边流着眼泪边看着露出洁白牙齿傻笑的晏节节。他没有了黄头发，一层青色的头皮在太阳底下闪闪发亮。

晏节节最后说："你放心，我不会像我爸爸一样，至少我不会死掉。"

晏节节被带走时，他告诉我，我会收到一封信。

十

　　结果我等了一个月仍没有收到晏节节的来信。

　　我以为晏节节写错了地址。直到这个学期即将结束，在学完最后一篇英语课文时，我发现了一件奇怪的事，就是在那篇文章的句子里有些字母用黑色水性笔画上了一个圈。我确定这些记号并不是我画上去的。我整整盯着那些圈圈看了一节课，最终我发现了一个规律，按照字母的顺序依次排列，所有的有圈圈的字母合并在一起便出现了另一排字母：FQQ I MISS U.